ジョルジュ=サンド

ジョルジュ＝サンド

●人と思想

坂本 千代 著

141

CenturyBooks 清水書院

まえがき

　ジョルジュ＝サンドは一九世紀のフランスで活躍した女流作家であり、約七〇編の小説（短編を含む）と三〇編ほどの劇作のほか、多数のエッセイや評論、そして近年まとめられた二六巻にもなる膨大な書簡集を残している。彼女は作家として有名であったばかりでなく、ロマン派の詩人ミュッセや音楽家ショパンらとの数々の恋愛遍歴、夫との葛藤やその男装などによって同時代の人々の注目を集め、はげしい毀《き》誉《よ》褒《ほう》貶《へん》の対象となったのであった。

　さて、フランスではもちろんのこと、日本でもすでにいくつかのサンド伝が書かれたりフランス語から翻訳されたりしている。のちに見るように、日本語で読めるサンドの作品は少ないにもかかわらず、サンドという人物は現在の我が国でもある程度知られている。それでは、本書のめざすところは何であろうか。それは、サンドというたぐいまれな人物の生涯をできるだけ自伝や手紙等彼女自身の言葉にもとづいてあとづけること、その膨大な作品中のいくつかを紹介すること、および同時代の有名人たち（ミュッセ、ショパン、リスト、ダグー夫人、フロベール……）と彼女との愛情や友情や嫉妬《しっと》にいろどられた人間ドラマをほりおこすことである。サンドはその輝かしい才能と人間的な魅力で多くの同時代人たち、皇帝ナポレオン三世からまったく無名の庶民まで、またフランスのみならずヨーロッパ各国やアメリカの人々とさえも交際があり、彼らとのあいだにとりかわされたたいへんな数の手紙を読むことができる。

大革命の理想を継承しようとする運動のかたわらで産業革命による巨大な物質崇拝・拝金主義が台頭したフランス一九世紀という矛盾にみちた激動の時代は、人間として文学者としてのサンドの生き方を大きく規定していた。二〇世紀末の日本に生きる我々の社会観、芸術観、文学観といったものを再検討するさいに、サンドと彼女をとりまく人々について書かれた本書が少しでも参考になるならば筆者としては望外の喜びである。

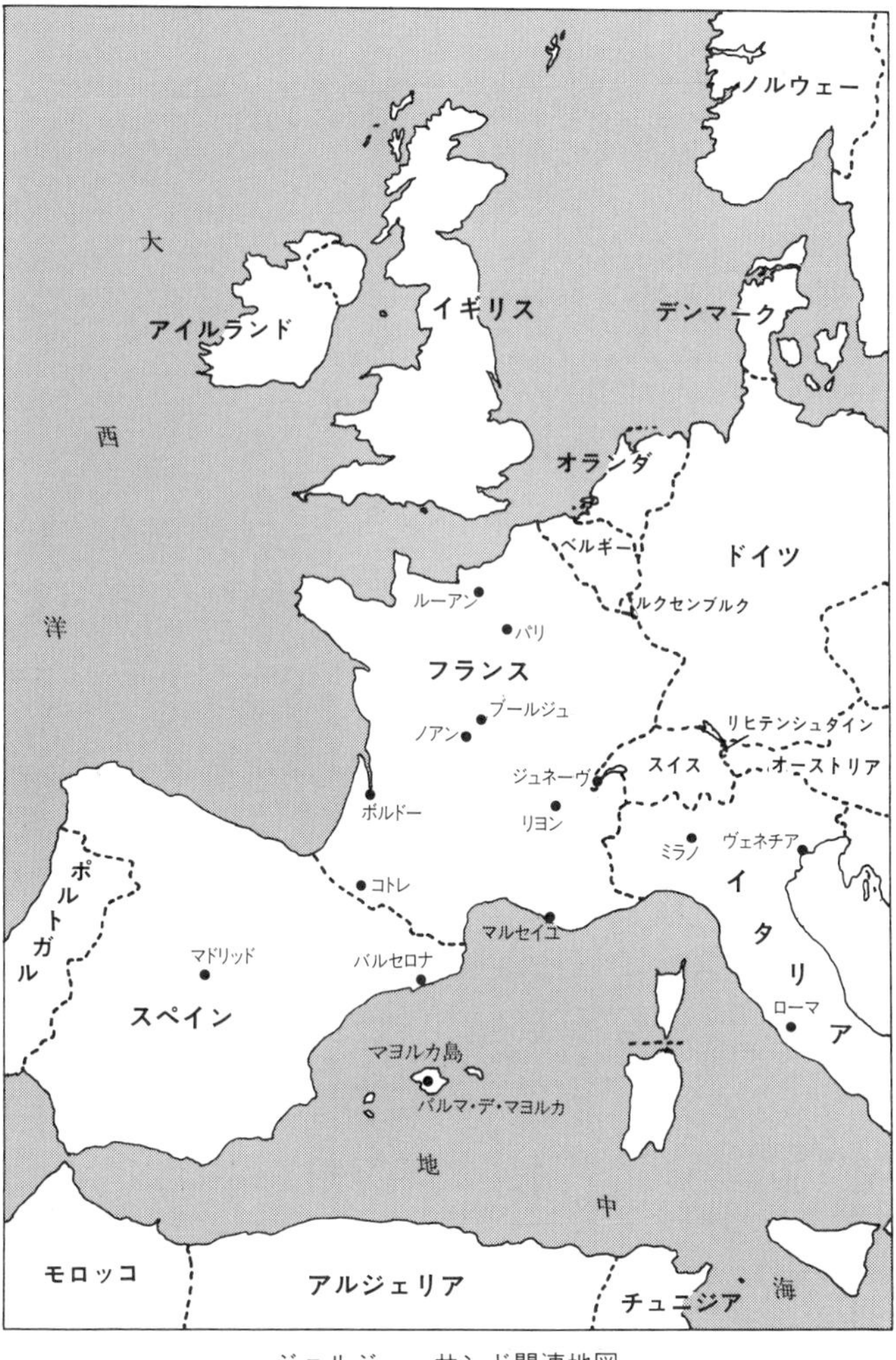

ジョルジュ＝サンド関連地図

目次

IV ノアンの奥方

I　多感な少女から男爵夫人へ

オーロール＝デュパン誕生

身分違いの両親の結婚

「一八〇四年七月五日、父がバイオリンをひき、母がきれいなばら色のドレスを着ていた時私はこの世に生まれた……。私は嫡出子として生まれたが、これは、父が自分の家族の偏見を断固としてふみにじっていなければ、そうならないところであった。そして、これは幸運なことでもあった。というのも、もし事情が違っていたら、私の祖母はたぶんのちに彼女がそそいでくれたほどの愛情でもって私の面倒をみることはなかったであろうし、また、我が人生の苦難の時の慰めとなった思想や知識のささやかな蓄えを私は持つことができなかったであろうから。」

一八五四年から五五年にかけて発表されたジョルジュ＝サンドの自伝『我が生涯の物語』[*1]の中で、彼女は自分の誕生についてこのように語っている。のちにジョルジュ＝サンドとなるオーロール＝デュパンは一八〇四年七月一日（五日というのはサンドの思い違い）パリに、モーリス＝デュパンとソフィ＝ドラボルドの娘として生まれたのである。両親は身分違いの結婚をしていた。

モーリスの母親（オーロールの父方の祖母）マリー＝オーロール＝デュパン＝ド＝フランクイユ夫人はフランス元帥の血をひく貴族的な女性で、モーリスがまだ幼いころ夫を失った。フランス中央部ベリー地方のノアンという小村に地所と屋敷を買って以来、彼女はそこで暮らしていた。

一方、オーロールの母ソフィはパリの小鳥屋の娘として生まれた。美貌《びぼう》に恵まれながらも貧困に苦しんだ彼女は、女優や歌手の仕事を経て、ある軍人の愛人となってミラノに行った。そこで二二歳のモーリスと二七歳のソフィは恋におち、やがてふたりはいっしょに暮らすこととなったのである。ソフィにはモーリスと出会う前の愛人たちとのあいだにすでに数人の子どもがいた。また、モーリスのほうにも、以前ノアンの館の使用人に生ませた息子があった。この子はイッポリト＝シャティロンと名付けられて、デュパン＝ド＝フランクイユ夫人が養育していた。

マリー＝オーロール＝デュパン＝ド＝フランクイユ夫人

パリから祖母の住むノアンへ

モーリスとソフィの愛が深まるにつれ、ふたりは結婚を考えるようになっていたが、もちろんデュパン＝ド＝フランクイユ夫

パリの庶民階級出身で、女優や歌手をしていた母ソフィ

父モーリス＝デュパン。モーリス＝ド＝サックス元帥の孫

人はそれに大反対である。しかし、一八〇四年六月五日、ついにふたりはパリでこっそりと結婚の手続きをすませてしまった。オーロールの生まれる一か月前のことである。のちに彼女が書いたように、この結婚によってオーロールがモーリスの嫡出子としてこの世に生まれたのは、彼女のその後の人生、特にデュパン＝ド＝フランクイユ夫人との関係において決定的な意味を持つことになる。息子の結婚に反対していた夫人もオーロールが生まれるとじょじょに心を開いて嫁と孫娘を受け入れるようになっていった。当時はフランス大革命のあと、ナポレオン帝政の時代である。ナポレオン軍の将校であったモーリスはあちこちの戦場に送られ、幼いオーロールは母や父親違いの姉カロリーヌとともにパリのアパートで暮らしていた。

　やがて、一八〇八年四月、妊娠八か月の身重であったソフィは幼いオーロールを連れてパリを発った。戦火をくぐりぬけ、ナポレオンの義弟ミュラ将軍の副官としてスペインのマドリッドにいる夫に会うためである。これはかなり無鉄砲な旅行だったが、母子はマドリッドで無事にモーリスと再会し、六月にはオーロールの弟オーギュストが生まれた。母親の無理がたたったのか、この赤ん坊は生まれつき盲目であった。

同年七月、やっと休暇を取ることができたモーリスは妻子を連れて母の待つノアンへとむかった。幼い子どもたちにとってはつらくて長い旅のあと、七月末にオーロールは初めてノアンの土をふんだ。フランスのいなかのこの小さな村で、館に住む祖母や異母兄イッポリト、モーリスの元家庭教師で現在はデュパン＝ド＝フランクイユ夫人をたすけて地所の管理をしているデシャルトル、こういった人々がオーロールの生活の中に登場することになる。

少女時代

弟の死と父親の死

スペインからのつらい旅の途上、オーロールとオーギュストは発熱していた。デシャルトルの手当てやノアンの人々のゆき届いた看護のおかげでオーロールはすぐに元気になったが、小さな弟は回復せず、ついに九月八日息をひきとってしまった。目の見えない幼い息子を愛していたモーリス夫妻の悲嘆は大きかった。『我が生涯の物語』の中で、サンドは弟の死について詳しく語っている。これはもちろん当時のオーロールの記憶ではなく、二十数年後にソフィから聞いたものである。息子の小さな棺が館のわきの墓地に埋められた夜、ソフィはとつぜん息子がまだ生きているのではないか、仮死状態になっていただけで、今は棺の中で息をふきかえしているのではないかという思いにとらわれる。

「私の父は初めのうちこの考えを打ち消していたが、じょじょに彼もこの考えにとらわれていった。そしてついに時計を見て言った。『ぐずぐずしてはいられないぞ。あの子を探しにいかなくちゃいけない。物音をたてるんじゃない。だれも起こしちゃいけないぞ。一時間であの子を取り戻してくるよ』
　彼は起き上がって服を着てから、ドアをそっと開けてシャベルを取りに行き、それから家のわき、庭から塀ひとつへだてたところにある墓地に走って行った。そして、新しく掘り返されたあとのある場所に近づいて掘りはじめた。あたりは暗く、父は明かりを持っていなかった。出てくる棺をはっきり見分けることができなかったので、穴が思ったよりずっと深いのに驚きながら完全に掘り出すまで、父はそれが子どものものにしては大きすぎるのに気づかなかった。それは少し前に死んだ村の男の棺であった。そこで、父はその隣を掘り、小さな棺を見つけた。ところが、それをひっぱりだすために、死んだ農夫の棺に足をのせてふんばったため、農夫の棺はわきに掘られたもっと深い穴のほうにすべって起き上がり父の肩を打った。父は墓穴の中に落ち込んでしまった。あの死人に押されて息子の遺骸の上の土にひっくりかえった時には一瞬のあいだ恐怖と言いようのない不安におそわれたよ、と父はあとで母に語ったものであった。皆が知っているように、彼は勇敢な人物であり、いかなる種類の迷信も持っていなかった。しかし、この時にはさすがの父も恐怖を覚え、額に冷たい汗がふきだしたのだった。八日後、息子の遺体を掘り出そうとした同じ土の中、農夫のわきに彼は横たわることになる。
　さて、父はすぐに冷静さを取り戻し、非常にうまく土を元に戻したのでそのあとだれもこのことに気づかなかった。彼は小さな棺を私の母のもとに持ち帰りおおいそぎで開けてみた。かわいそうな子はやはり死んでいた。だが、母は自分でその子の最後の身支度をしてやれることがうれしかった。彼女が最初ぼうぜんとしているあいだに子どもは柩《ひつぎ》に入れられてしまっていたのだ。興奮し涙によって元気を取り戻したかのような母は、小さな遺体の額に香水をすりこみ、いちばん美しいシーツでくるみ、その子がまだ眠っているという痛ましい錯覚を起こすことができるようゆりかごの中に置くのだった。」

ふたりはそのあと息子の遺骸《いがい》を庭の梨の木の下にこっそりと埋めたのである。

一週間後の九月一六日、モーリスは近くの町ラ・シャトルに出かけて夜中に帰宅する途中落馬し、首の骨を折って即死した。三〇歳であった。

母と祖母の確執による母との別れ

モーリス＝デュパンの早すぎる死によってひきおこされた悲しみのどん底からノアンの館の住人たちはじょじょに立ち上がっていったが、まもなく、デュパン＝ド＝フランクイユ夫人とソフィ＝デュパンの不和が表面化してくることとなった。母と妻のあいだをとりなしていたモーリスが亡くなると、あとに残されたたったひとりの正式の跡継ぎオーロールをめぐり、特に彼女の育て方をめぐって嫁と姑は対立することになったのである。

オーロールは肉体的には母親似であった。ソフィの、まるでスペイン人のような濃い茶色の髪と瞳を受け継いでいたのである。それと対照的に、デュパン＝ド＝フランクイユ夫人は金髪碧眼《へきがん》で貴族的なものごしをしていた。パリ庶民の娘で、教育はなくてもすぐれた直観力と美にたいする感受性に恵まれた母、一八世紀の上流階級の知性と教養を身につけた理性的な祖母、このふたりの女性はまさに水と油のようなものであった。ソフィはそれでも翌年二月までノアンで暮らしたが、オーロールの父親違いの姉カロリーヌをノアンに呼び寄せることを拒絶されると、子どもたちの将来についてさんざん悩んだあと、娘をノアンに残してパリに戻った。

母をさげすむ祖母への反抗

オーロールはこうして祖母の手にゆだねられた。デュパン＝ド＝フランクイユ夫人自らが彼女に音楽や文学の手ほどきをし、デシャルトルはイッポリトとオーロールに自然科学、ラテン語、フランス語の授業をおこなった。オーロールには絵やピアノの家庭教師もつけられた。夫人は跡取りの孫娘に可能なかぎり最高の教育をほどこしたかったのである。幸運にもオーロールは非常に健康な子であった。さまざまな勉強のあいまにイッポリトや近隣の子どもたちといっしょに野原をかけまわっていた。また、母親ゆずりの豊かな想像力にめぐまれた少女は、男でもなく女でもないコランベという架空の存在を作りあげて、彼（彼女）の活躍する白昼夢の世界に遊んだり、森の中のだれにも知られぬ場所にコランベの祭壇を作ったりしていた。

ところで、ソフィの出発以来オーロールは祖母に全面的に打ちとけることができなくなっていた。

母と別れ、祖母に育てられるオーロール。6歳

少女についてあることないこと祖母に告げ口する小間使いがいたこともあって、ふたりの間には目に見えない壁ができてしまった。

そしてある日、反抗的な孫娘にむかってデュパン＝ド＝フランクイユ夫人は辛辣《しんらつ》な口調で嫁ソフィの過去、つまりモーリスと結婚する前の彼女の不名誉な生活を話してきかせたのである。このことはオーロールに計り知れぬ衝撃を与え、祖母の意図とは反対に彼女をますますかたくなで反抗的な娘にしてしまった。

こんな日々がしばらく続いたあと、夫人はオーロールをパリの修道院に送ることに決めた。これは一七世紀にパリに移ってきたイギリス系のダーム・ゾーギュスティーヌ・ザングレーズというカトリック系女子修道院で、当時の上流階級の娘たちのための評判の良い寄宿学校でもあった。

一三歳で女子修道院へ
キリスト教との出会い

一八一八年一月、一三歳のオーロールはここの寄宿生となった。活発な彼女はすぐに仲間たちのあいだで人気者になった。修道院でオーロールたちが学んだのは、当時の淑女が身につけておくべきさまざまな技芸、礼儀作法、イタリア語、英語といった科目であった。

また、オーロールの修道院生活で非常に重要なことは、彼女がここで初めてキリスト教と本当の意味での接触を持ったことであろう。一八世紀の教養人であった祖母は啓蒙《けいもう》時代の哲学者ヴォルテールを崇拝していた。その影響もあって、それまでオーロールはキリスト教（フランスではカトリック教徒が大部分をしめる）についてはほとんど何も教えられていなかった。

さて、ここで当時のフランス社会の状況をふりかえってみよう。一八一四年四月、皇帝ナポレオンは退位してエルバ島に流され、大革命で処刑されたルイ一六世の弟がルイ一八世として王位についた。王政復古である。昔のブルボン王家が戻ってくるとともに、革命で国外に亡命していた貴族たちも次々と帰国し、また、革命後息をひそめていたカトリック教が再び勢いを盛り返すこととなったのである。デュパン＝ド＝フランクイユ夫人自身はカトリック教にあまり関心を持っていなかったが、このような時代風潮のもと、大切な孫娘を上流階級の娘たちの集まるカトリック系修道院で学ばせることにしたのである。

やってきたばかりのころはキリストの教えについて何も知らなくて修道女たちを驚かせたオーロールであるが、修道院の宗教的で厳粛な雰囲気の中で寝起きし、またすぐれた神父や修道女たちにめぐり会ったこともあって、だんだんカトリック教にひかれるようになっていった。

そして、一八一九年八月のある日、修道院の礼拝堂で祈る修道女のおごそかな美しさに感動したオーロールは、修道女が出ていったあともひとりその場にとどまっていた。とつぜん彼女はからだが震えだすのを感じ、白い光が我が身を包んで通り過ぎるのがわかった。だれかが耳もとで「取りて、読め」と言うのを聞いてうしろをふりかえったが、そこにはだれもいなかった。この時オーロールは、信仰が自分をとらえたこと、神と彼女のあいだに直接的な交流が生まれたことを悟ったのであった。以後彼女は熱心なカトリック信者となる。

たくさんの友人ややさしい師に恵まれて、オーロールの修道院生活は充実したものとなった。だが、閉じ込められた空間での質素な生活や運動不足が育ち盛りの少女の健康に良くないことがわかり、またオーロールがカトリック教にますます傾倒していくのを見て孫娘の将来に不安を覚えたデュパン＝ド＝フランクイユ夫人は彼女をノアンに連れもどす決心をした。一八二〇年四月、オーロールは二年あまりのあいだ幸せに暮らした修道院をあとにしたのである。

医学生との交際

ノアンに帰ったオーロールは以前の反抗的なはねっかえり娘ではなくなっていた。彼女は祖母を前とは違う目で見て愛することができるようになっていた。急速に健康が衰えはじめたデュパン＝ド＝フランクイユ夫人はほとんど外出することもなく、オーロールを相手にさまざまなことを語ってきかせるのが日課になった。デシャルトルはオーロールに良家の男子なみの教育をほどこそうと努力し、将来オーロールが自活できるように、ノアンの土地の管理に関するあらゆることを教えてくれた。この老家庭教師はオーロールの知育だけでなく健康にも気を配り、彼女に狩りをするようすすめ、そのさいにはきゅうくつな女物の服ではなく男の服を着るようにさせた。また、そのころイッポリトがオーロールに乗馬を教えてくれた。彼女はまたたく間に上達し、以後乗馬は彼女の大きな楽しみとなった。

さて、デシャルトルはオーロールに科学を勉強させるため、医学生のステファアーヌ＝アジャソン＝ド＝グランサーニュという青年を紹介した。彼はラ・シャトル出身で、オーロールよりふたつ年上であった。彼女はステファアーヌから骨学と解剖学を学ぶことになった。若いふたりはすぐに意気投合したが、この交際は進展しなかった。というのも、ステファアーヌの家族は貴族の家柄とはいえ兄弟が九人もあり、あまり裕福とはいえない暮らしぶりであった。また、彼の一家はオーロールの母親を軽蔑《けいべつ》していたし、デュパン＝ド＝フランクイユ夫人のほうはステファアーヌの家に財産がないことを良く思わなかったからである。それはともかく、ふたりの交際は近隣の人々の好奇の目と噂《うわさ》の的になり、これはパリのソフィの耳にも届くほどであった。

愛してくれた祖母の死

熱心なカトリック信者となってノアンに帰ってきたオーロールであったが、ステファアーヌとの交際は思いがけず彼女の信仰生活に影をおとすこととなった。修道院の荘厳な雰囲気を離れ、いなかの教会のミサに通うようになると、そこでの信者たちのそうぞうしさや俗っぽさに理想家肌の少女はなじめない思いを覚え、ミサに行くよりは自宅でひとりで

オーロールが愛したノアンの館。多くの有名人たちがここに滞在することになる

祈るほうがいいと考えるようになっていた。そんなある日、懺悔《ざんげ》のおりに彼女を昔から知っているラ・シャトルの神父が、ステファーヌに恋をしているのかとあからさまな質問をした。彼女は非常に心を傷つけられ、それ以後二度と神父のいる教会には行こうとしなかった。彼女はこの時、懺悔の制度が俗っぽい検閲になりかねないことを感じ、神と信者の仲介者としての聖職者の役割に初めて疑問をいだいたのだった。

　一八二一年三月、祖母が卒中で倒れ、床を離れられなくなってしまった。オーロールはデシャルトルや使用人たちに支えられて館の仕事をこなすと同時に献身的な看護を続ける。祖母の看病やさまざまな用事をすませたあと、彼女は夕方六時から夜中過ぎまで読書するようになった。また、徹夜の看病疲れをまぎらすためにタバコの味をおぼえたのもこのころである。館の人々の懸命の介護にもかかわらずデュパン＝ド＝フランクイユ夫人は衰弱していき、ついに二一年一二月二六日、オーロールに看取《みと》られながら七三年の生涯を終えた。孫娘にむかって「おまえはいちばんの友だちをなくしてしまうんだね」と言ったのが最期の言葉であった。夫人の遺骸《いがい》はノアンの墓地の愛する息子のかたわらに葬られた。

結婚生活

十数年ぶりの母親との生活　デュパン＝ド＝フランクイユ夫人は遺言でオーロールにノアンの土地、屋敷そしてかなりの年金を残し、孫娘の後見人として亡夫の親戚《しんせき》にあたるルネ＝ヴァレ＝ド＝ヴィルヌーヴを指定していた。彼は家柄のよい富裕な紳士で、オーロールが母ソフィと行き来をしないことを条件に後見役を引き受けた。

だが、まもなくノアンにやってきたソフィはデュパン＝ド＝フランクイユ夫人の遺言の内容を知って怒り、自分がオーロールの正当な後見人であり他のだれにもその権利をゆずるつもりはないと主張した。母のけんまくと祖母にたいする憎しみにショックを受けたオーロールは何も言わずに彼女とともにノアンを去った。そこで、ヴァレ＝ド＝ヴィルヌーヴ一家は自分たちよりも母親を選んだ娘を見捨ててしまった。彼らが好きになっていたオーロールはそのことを悲しんだが、同時に、庶民を頭から見下す上流階級の人々にたいして反発を感じるようにもなった。

ところで、オーロールが四歳のころソフィがノアンを去ってから、母と娘はほんの時たましか会うことができなかった。幼い日のオーロールの願いは大きくなったらパリに出て母とふたりで暮らしたいということだった。

しかし、ソフィは感情の起伏の激しいヒステリックな中年女性になっていた。もちろん自分の娘を愛してはいたが、良家の令嬢らしいしつけと人並み以上に高度な教育を受けたオーロールと彼女のあいだには趣味やものの考え方に大きなへだたりができてしまっていた。母は娘につらくあたることが多く、やがてオーロールは健康をそこねてしまうこととなった。これにはソフィも心を痛めて、娘の気分転換のためにパリから離れ、モーリス＝デュパンの軍隊時代の友人でいなかに住むジャム＝レチエ＝デュプレシとその家族を訪ねることになった。ジャムとアンジェル夫人には五人の子どもがあり、一家は大喜びでふたりを迎えた。ソフィはまもなくパリに戻ったが、オーロールのほうは長いあいだデュプレシ家にとどまった。暖かい家庭ですぐに元気を取り戻した彼女は子どもたちと庭をかけまわって毎日を過ごしたのである。

男爵を約束された青年との結婚

オーロールがパリに戻ってからもデュプレシ夫妻は時々やってきては彼女を町に連れだした。そんなある日、オーロールたちがアイスクリームを食べているとひとりの青年が近づいてきた。

「すらりとしていてかなり洗練された、陽気な顔つきに軍隊ふうのものごしをしたひとりの青年が夫妻のところにやってきて握手し、請われるままに彼の父親の消息を伝えた。彼の父デュドヴァン大佐はデュプレシ一家にとても愛され尊敬されていたのである。青年はアンジェル夫人のそばに腰をおろし、彼女に小声でこのお嬢さんはだれなのかとたずねた。『私の娘ですわ』と夫人は大きな声で答えた。そこで青年は小声で言った。『それじゃあ、この人がぼくの妻ですね。あなたはいちばん上の娘さんをぼくに下さると約束していらっしゃいましたよ。それはウィルフリドのことだと思っていたんですが、このお嬢さんのほうがもっとぼくの年に近いようだから、あなたが彼女をぼくに下さるんでしたらお受けしますよ』アンジェル夫人は笑いだしたが、この冗談は予言となった。」

これがカジミール＝デュドヴァン歩兵少尉との出会いであった。彼はフランス南西部ガスコーニュ地方に住むジャン＝フランソワ＝デュドヴァン男爵の庶子で、男爵夫妻には子どもがなかったため彼が父の爵位を継ぐことになっていた。オーロールと彼はひんぱんに顔を合わせるようになり、やがてカジミールは本当に彼女に求婚したのである。

「結婚」の持つ意味は、現代のフランス女性と当時の女性たちではずいぶん違っていた。当時の中産階級以上の人々の考えでは、若い娘が、だれかの保護なしにひとりで暮らすということはまったくありえないことであった。日に日に息苦しくなってくるパリの家でがまんして母と暮らすか、そうでなければ結婚して夫の保護下にはいるか、そのふたつしか選択の道はない。カジミールに好意を持つようになっていたオーロールはもちろんふたつめの道を選ぶことにしたのである。

長男誕生の喜びと夫婦生活の危機

一八二二年九月一七日パリで結婚式がおこなわれた。新郎二七歳、新婦一八歳である。一〇月にカジミールは退役し、新婚夫婦はノアンで冬を過ごす。そして、翌年六月、パリで長男モーリスが生まれた時デュドヴァン夫妻の喜びはたとえようもなかった。その夏、長いあいだノアンの管理をまかされていたデシャルトルが引退して屋敷を去った。夫妻はノアンに腰をおちつけ、カジミールが屋敷と地所の管理を引き継いだ。

だが、すべてがうまくいったのはしばらくのあいだだけであった。少しずつではあるが夫婦のあいだの性格や趣味の違いがあらわになってきたのである。オーロールは当時の女性としては例外的に高度な教育を受け、また芸術にたいするすぐれた感性を備えていた。夫はどちらかというと平凡な男性であり、狩猟や身近な政治の問題以外には興味を示さなかった。

夫婦のあいだのさまざまなすれ違い、まわりの人々のよけいな介入といったことがだんだん状況を悪くしていった。それでもふたりは初めのうち夫婦生活の危機を乗り越えるためにかなり努力した。オーロールはパリの修道院にしばらく戻って自分の人生についてもう一度考えてみた。彼女は幼いモーリスのために俗世でやはり生き抜くべきだとの結論に達した。また、夫婦はふたりをひきあわせてくれたデュプレシ一家に会いに出かけたりもした。

しかしながら、たび重なるストレスのせいかオーロールは病気がちになり、ついに、デュドヴァン一家は一八二五年七月から八月にかけてスペインに近いピレネー地方のコトレという小さな保養地に転地療養に出かけたのである。

オーロールはそこでボルドー出身の若い司法官オーレリアン＝ド＝セーズに出会った。ふたりは急速に親しくなったが、夏はあっと言う間に過ぎ、オーロールは夫の実家であるギルリーに滞在することになる。

恋人へ――情熱的な手紙のやりとり

姑《しゅうとめ》のデュドヴァン男爵夫人と彼女はあまり打ちとけることができず、カジミールは外出ばかりしているという生活で、彼女にとって舅《しゅうと》のデュドヴァン男爵との語らいだけが心を暖めてくれるものであった。だが、義父は翌年二月にこの世を去ってしまう。

コトレを去ってからオーロールは恋人オーレリアンにあてて日記形式の長い手紙を書き送るようになった。その中には、彼女のおいたち、祖母のこと、修道院での思い出、そして彼女の夢や希望や愛がつづられていた。ふたりの間でかわされた手紙で恋人たちは宗教や学問や文学などさまざまなことがらについて問いかけ、語りあっている。

しかしながら、オーロールとオーレリアンが実際に会う機会はごくたまにしかなく、それもたいていはカジミールや他の人々がいっしょであった。彼らの恋はあくまでもプラトニックなものであった。ふたりの恋愛に関しては、一九二八年にジョルジュ＝サンドの孫にあたるオーロール＝サンドが『オーロール＝デュドヴァンとオーレリアン＝ド＝セーズの物語』[*2]という題名で、彼らの手紙や日記を集めて編集したものを出版している。

だが、一八二八年ごろになるとこの恋も終わりに近づいてくる。同年九月、オーロールは長女ソランジュを出産。この子は家族に大喜びで迎えられたが、のちのサンド研究者の中にはソランジュの父はカジミールではなくステファーヌ＝アジャソン＝ド＝グランサーニュだと断言する人々もいる。オーロールは昔の初恋の人ステファーヌと再会して再び行き来するようになっていたからである。しかし、今となってはもちろん本当のことはわからない。

ソランジュ出産のころから、オーレリアンの影はオーロールの生活から消えてしまう。しかし、コトレで始まった恋の思い出はオーロールの意識の底に長くとどまり、彼女がのちに書くことになる作品の中に思いがけず姿を現すことになるであろう。

娘の誕生によってオーロールの毎日はまた忙しくなり、表面上はなにごともなかったかのように彼女は夫との生活を続けていく。だが、夫婦のあいだの溝はますます深まっていくのであった。

ジュール＝サンドーとの出会い

一八三〇年七月、パリで七月革命が勃発した。一七八九年の大革命の結果を無視するような反動政策を次々とおこなうシャルル一〇世に抗して人々が立ち上がり、八月には復古王政に終止符が打たれたのである。だが、共和制を夢みた人たちの期待はすぐに裏切られ、王の親戚《しんせき》で穏健派のオルレアン公ルイ＝フィリップが王位につくこととなった。これが七月王政の始まりである。

　パリのこのようなめまぐるしい動きは、地方にもすぐに伝わることとなる。七月末のある日、ノアン近くの友人宅のパーティーに来ていたオーロールのまわりでも人々の話題の中心はパリ情勢であった。だがこの日、デュドヴァン夫人はその後の彼女の人生を大きく変えてしまうことになる人物と出会った。金髪の巻き毛のすらりとした青年、パリで法学を学ぶジュール＝サンドーである。彼は一九歳、すでに文学で身をたてることを考えていた……。オーロールとジュールはすぐにお互いひかれあうものを感じ、彼女はジュールを含めてその場にいた若者たちをさっそく自宅に招待する。こうして、ゆかいな仲間づきあいが始まった。芸術を愛する青年たちと交わって、オーロールにも再び青春が戻ってきたかのようだった。近隣の人々の顰蹙《ひんしゅく》の目をものともせず、彼女は新しい仲間たちとピクニックや遠乗りに出かける。彼らは当時評判になっている本を朗読しあってはそれについて議論したり、たわいのないおしゃべりの花を咲かせるのだった。

　オーロールとジュールがそのころすでに愛人の関係だったのか、それともまだ仲のよい友人にすぎなかったのかははっきりしない。だが、その輝かしい夏が去ってジュールがパリに戻ってしまうと、彼女の生活はそれまで以上に耐えがたいものとなってしまった。

そして、一八三〇年も終わりに近づいたある日、彼女と夫の関係にとって決定的なひとつの事件がもちあがる。オーロールはその数日後ある親しい友人にあてて次のように書いている。

夫と別れパリへ

「夫の机の中で何かを探している時、ふと私あての包みが目にはいったのです。包みには私の目をひくようなあらたまった雰囲気がありました。そこには『死後にのみ開封のこと』と書かれていました。私は未亡人になるのを待つほど辛抱強くはありませんでしたの。私のような健康状態の者はだれかよりも長生きできるとは思わないものですわ。それに、夫が死んでいると仮定して、彼が生きているあいだ私のことをどう考えたかを知りたかったのです。包みは私あてであり、だれに気兼ねすることもなく開ける権利があるのです。夫はとても元気ですから彼の遺書を冷静に読むことができました。本当になんという遺書でしょう！　ののしり言葉しかないんです！　そこには私にたいする不満や怒り、私の不道徳なおこない、私の性格にたいする軽蔑が書き連ねてあり、彼はそれを自分のやさしさの証として残していたのです！　夢を見ているのではないかと思いました。今までひたすら目を閉じて夫が私のことをばかにしているのを見ないようにしてき

カジミールとオーロール＝デュドヴァン。時とともに性格の違いがあらわになっていく

たこの私なのに。やっと目がさめたのですわ。妻を尊敬せず信頼もしていないような男と暮らすのは、死者を生きかえらせようとするようなものだと思いました。

すぐに私は心を決めました。あともどりできぬ決心です。私がめったにこのような言葉を使わないことをあなたはご存じですよね。その日のうち、まだ病気でふらついていたにもかかわらず、私は夫がこおりついてしまうほど冷静に落ち着いて自分の意向とその理由を述べたのです。彼は私のような者が昂然と自分にたちむかうとは予想もしていませんでした。彼はしかったり、懇願したりしましたが、私の心をもはや動かすことはできませんでした。」

この夫婦喧嘩のあと、デュドヴァン夫妻は次のような取り決めをおこなった。オーロールは半年ずつパリとノアンの両方を行き来して暮らすこと、子どもたちはノアンに残していくこと、カジミールは妻に一定額の生活費を与えること、以上の三つである。当時の法律では、いくら妻に結婚前からの財産があっても、結婚後はそれらはすべて夫の管理下におかれ、妻が自分で自由に使うことはできなかったのである。
一八三一年初め、オーロールはジュールのいるパリにむけて出発した。

注

＊1――原題＝Histoire de ma vie.
＊2――原題＝Le Roman d'Aurore Dudevant et d'Aurélien de Sèze.

II　試行錯誤の年月

作家修業と『アンディアナ』

一八三〇年代の女性たち　二〇世紀の歴史学者アラン＝ドゥコーは『フランス女性の歴史』で次のように述べている。

「一八三〇年代の女性が一種のムードに浸っていたことは認めなければならない。女性がこのムードと全く無縁であることは不可能だった。女性は『ウェルテル』[*1]を読んで涙を流し、夫は妻を『アントニー』[*2]のアデールが死ぬのを見に連れて行った。女性は世紀児の詩を読み、ミュッセの肖像の前で夢想にふけるのだった。やがて女性はジョルジュ＝サンドの『アンディアナ』を読み、『三〇女』[*3]の反抗を前にして身を震わせた。『ああ、私はこの社会と戦いたいわ。その法律や習慣を一新し、それを打ち砕くために……。この社会は、私の思想、私の感情、私の欲望、私の希望、未来、現在、過去、そのあらゆることで私に傷を負わせなかったかしら……』。こうして一八三〇年代の女性は、自分がしいたげられていることを知る。彼女はこの圧政について我を忘れて夢想にふける。なぜなら実際、彼女はただ夢想するだけだからである。彼女が勧められる偉大な手本は、彼女にとっては全く抽象的なままに留まっていた。彼女はロマン主義の大きな流れと、それが運んでくる情熱とをじっと眺めてはいたが、その中に飛び込むことには用心していた。飛び込めば自分が溺れてしまうだろうということを知っていたからである。それに、彼女は、たとえどんなにきゅうくつで、けちくさく、喜びのないものであろうとも、人生に執着していたのである。」（『フランス女性の歴史　4　目覚める女たち』山方達雄訳）

オーロールがパリに出た一八三〇年代の初めはこのような時代だったのである。まもなく、オーロールは『アンディアナ』（日本での初訳題名『アンヂアナ』）によってジョルジュ＝サンドへと変身することになるであろう。

節約のため男装を決意　さて、一八三一年一月にオーロールが首都に着くと、ジュールが大喜びで彼女を迎え、彼らのまわりにはあっという間にベリー出身の青年たちのグループができあがった。

「ベリー出身の若い友人たちや幼なじみの青年たちが、私と同じくらい乏しい生活費で暮らしながら、知的な若者が興味を持つようなあらゆることをよく知っているのを私は見た。文学や政治の重大事件、劇場や美術館での感動など彼らはあらゆるものを見ており、クラブや街頭などどこへでも出かけていった。私は彼らと同じくらい健脚で、大きな木靴をはいてひどい道をうまく歩くことができるベリー人の小さな足を持っていた。しかし、パリの舗石の上では私は氷の上の船のようなものだった。きゃしゃな靴は二日でこわれ、底の高い木靴ではつまずき、私は自分のドレスを持ちあげることができなかった。樋からおちる水でびしょぬれになったベルベットの小さなぼうしは言うにおよばず、靴や服がおそろしいスピードでだめになるのを、泥だらけになり、疲れはて、風邪をひいた私は見たのであった。

パリに落ち着くことを考える前に私はすでにこのことに気づき、またそれを体験していて、当時三五〇〇フランの年金で優雅に何不自由なく暮らしていた母に尋ねたものであった。ほとんど毎日部屋に閉じこもって暮らすのではないかぎり、このひどい土地でどうやってつましい衣装だけでやっていけるのかしら、と。母は答えたものであった。『私の年齢で私のような習慣を持っていればやっていけますよ。でも、私が若くて、お前のお父様がお金に不自由しているころ、お父様は私に少年のみなりをさせようと思いついたの。妹もそうすることになって、私たちは夫といっしょに劇場とかどこへでも歩いて行ったものよ。これで家計の半分が節約できたわね』。」(『我が生涯の物語』)

オーロールは母のまねをすることにした。彼女の男装はたんに安くついただけではなく、いっきょに彼女の行動範囲を広げてくれた。このことの持つ意味は大きいので、次章で少し詳しく考察することにしたい。

『ローズとブランシュ』

ところで、オーロールが夫から受け取ることになった生活費は年三〇〇〇フランである。これでは、彼女が属している階級の人間としては必要最小限の生活しかできない。すべてにおいて刺激的な首都パリで自分のやりたい生活を続けるため、オーロールにはもっと金が必要であることがわかった。最初、彼女は多少腕に覚えのある絵を描いて売ることを考えたが、これはうまくいきそうもなかった。次に、文学作品を書いて収入を得ようと思いついた。ある友人が、ベリー出身の文学者でジャーナリストのアンリ＝ド＝ラトゥシュに彼女を紹介してくれた。オーロールはこの少し気むずかしい同郷人に会いにいった。

「彼は私の小説を読んだ。もはやそのタイトルも内容も覚えていない。というのもこのあとすぐ私はそれを燃やしてしまったので。当然のことながら、彼はそれがひどいできだと言った。しかし、彼は私にはもっと良いものができるはずだし、いつかいい作品を書くことができるだろうと言ってくれた。彼は、さらに続けた。『でも、人生を知るには、生きなくちゃいけない。小説というのは、巧みに語られた人生なんだから。あなたは芸術家の気質を持ってはいるけれど、現実を知らない。夢の中にひたりすぎてるんですよ。時と経験をしんぼう強く待ちなさい。心配することはないですよ。このふたりの助言者たちはすみやかにやってくるものだから。運命から教えを受けなさい。そして、詩人のままでいるようこころがけなさい。他にやることはないんです』。しかしながら、私がかなり生活に窮しているのを見た彼は、もし私が彼の小さな新聞の編集の仕事につく気なら一か月四、五〇フランでやとってくれると言ってくれた。ピヤ（オーロールらの友人）とサンドーはすでにこの仕事についていた。私は、多少おまけのようにそれに加わった。」（『我が生涯の物語』）

これは『ル・フィガロ』という新聞で、オーロールはこうして新聞記事を書くようになったのである。ジュールのほうはというと、当時の彼は少しずつ文学作品を発表しはじめており、オーロールもその手伝いをすることになった。そして、ふたりは協力して『ローズとブランシュ』[*4]という長い小説を書き上げた。これは女優と修道女という対照的な境遇に身をおくふたりの女性の物語であり、オーロールはこの中に修道院時代の思い出やピレネー地方への旅行のさいの印象を書き込んだ。作者の名をJ・サンドとしたこの小説はかなりの評判になった。

ジョルジュ＝サンド誕生　その後オーロールは夫との約束どおりノアンとパリとを行き来して暮らす。ラトゥシュが予言したように首都での生活は彼女に新たな経験を得させ、ジャーナリストとしての修業は彼女の小説作法を急速に進歩させていった。そして、静かで表面上はなんの変化も起こっていないようなノアンの館でオーロールは新しい小説を書きあげた。これが『アンディアナ』である。

一八三二年春、彼女はこの原稿と三歳の娘ソランジュを連れて再びパリにやってきた。彼女の予想どおりジュールはソランジュをとてもかわいがり、小さな娘はすぐにベリーの仲間たちの人気者となったのであった。

さて、彼女は『アンディアナ』をジュールに見せ、彼に加筆してもらって共作として出すことを考えていたのだが、ジュールはこの作品のできばえをほめ、このままの形で出版するようすすめた。

それでは作者名をどうすればよいだろうか。オーロールの本名を使うことは、カジミールの手前できない。旧姓デュパンを使用するのも母ソフィに反対されることはわかっていた。いっぽう『ローズとブランシュ』のおかげでJ・サンドという名前はかなり知られるようになっていた。そこで、最終的にこのサンドという姓に、ジョルジュという男性名を付け加えることとなった。このようにして作家ジョルジュ＝サンドが誕生したのである。この記念すべき第一作『アンディアナ』とはどんな作品だったのだろうか。

ジュール＝サンドー。オーロールの手になるデッサン

『アンディアナ』の人気と新しさ　主人公アンディアナはフランス領ブルボン島（現在のレユニオン島）出身の一九歳の女性である。四〇歳も年上の気むずかしい退役軍人デルマールと結婚した彼女は横暴な夫のもとで味気ない生活を送っている。そんな彼女はレイモン＝ド＝ラミエールという青年に誘惑され、やがて自分でも激しく彼を愛するようになる。

レイモン、裕福な貴族の家に生まれた魅力的な美男子でありながら、とてつもなく身勝手なこの青年は『アンディアナ』を読んだ文芸批評家たちの注目の的となった。この非常に興味深い人物はたしかに人間心理をしつようなまでに分析するフランス心理小説の伝統に属しているといえよう。

だが、『アンディアナ』の新しさは、繊細でかよわい女主人公アンディアナの不倫の恋の葛藤とその恋にすべてをかけたあげく恋人のエゴイズムと裏切り（アンディアナは病気の夫を捨ててレイモンのもとにやってくるが、彼はすでに金持ちの令嬢と愛のない結婚をしていた）に絶望の淵まで追いやられる彼女の悲劇を克明に描き、打算にもとづく結婚や、すべての点で男性に有利にできている当時の民法と社会の慣習にたいする反感をあからさまに表現している点であろう。

「序言」の中で作者は次のように述べている。

「もし読者がこの書物の中にあるものすべてをどうしても説明したいのなら、アンディアナはひとつのタイプだと言える。女性であり、おさえつけられた情熱を、あるいは、法律によって禁じられた情熱といってもさしつかえないが、そういう情熱を代表しなければならなかった弱い存在である。それは必然と争う意志、文明のあらゆる障害にその盲目の額をぶつける恋である。しかし、蛇は刀の刃をかみやぶろうとしてその歯をすりへらして折ってしまう。魂の力は人生の現実を相手に戦おうとして力を使い果たしてしまうのだ。」

レイモンの裏切りを知って身も心もうちひしがれたアンディアナは、生まれた時から辛抱強く彼女を見守り、その不幸な結婚生活もレイモンとのいきさつも知りぬいている幼なじみのいとこラルフとともにブルボン島に帰ってくる。ラルフは昔から彼女を愛し続けていたのだった。結婚制度という社会の因習との戦いに疲れ果てたこの若いふたりは心中を計画するが、最後の瞬間に思いとどまり、残りの人生をブルボン島の森の中で、ひっそりと寄り添いながら暮らしていくことになる。

異国的な長い黒髪を持つ繊細でひよわな女性でありながら、狩りをするときは別人のようになって、狂熱に近い一種のむこうみずさで馬を疾走させるアンディアナ、こんな女主人公にはもちろんオーロール＝デュドヴァン男爵夫人の自己イメージが重なっている。一方、良い教育を受け、洗練された魅力的な男性ではあるが、最終的には社会の側に立ってアンディアナを捨てるレイモンのイメージには、オーレリアン＝ド＝セーズの思い出がまじっているように思われる。オーレリアンはオーロールと愛しあいながらも、結局はすべてを捨てて彼女といっしょになるほどの情熱は持たなかった。オーロールは心の奥深くそのことをうらみに思うこともあったであろう。それはともかくとしても、彼にはアンディアナという名の姉とレイモンという名の兄がいたのである。

作家としての成功と複雑な私生活　『アンディアナ』は発売とともに大評判になり、作者サンドはいちやく人気作家となった。彼女は一八三二年七月末に『ルヴュ・ド・パリ』誌に短編『メルキオル』[*5]を発表し、十二月には長編第二作『ヴァランティーヌ』[*6]を出した。これはベリー地方を舞台にして、貴族の娘ヴァランティーヌが同じ階級のつまらない男性と結婚するが、小作人の息子ベネディクトとのあいだに真実の愛を発見するという物語である。作者のよく知っているいなかの豊かな自然描写ときめ細かな心理分析で構成されたこの小説も、なかなか好評であった。

アメリカ人のサンド研究家ジョセフ＝バリーは、一八三二年をサンドにとっての「驚異的な年」と呼んでいる。

「オーロールがジョルジュ＝サンドに変身した驚異的な年の最初の小説と第二のそれとのあいだには、ほとんど革命のような数か月、個人的成功、幻滅、新しい友情、ひとつの恋の終わりと新しい恋が次々に起こった。」（『ジョルジュ・サンド　あるいは自由のスキャンダル』）

六月には大ブルジョワジーに牛耳られるルイ・フィリップの七月王政に反対する人々が共和制をめざして立ち上がったが、激しい市街戦ののち鎮圧されてしまった。七月末、この騒然としたパリを離れてサンドはノアンに戻った。ひさしぶりに会うモーリスはずいぶん大きくなっていた。母と息子はほとんど片時もそばを離れない。モーリスがラテン語を勉強し、ソランジュが床の上をころがって遊び回っているかたわらで彼女は『ヴァランティーヌ』を執筆したのであった。

秋になると彼女はまたパリにやってきた。だが、ジュールとの関係は急速に破局にむかいつつあった。その根本的な原因は、無責任で怠惰なところのあるジュールと、なにかの目的にむかって一心不乱になる彼女との性格の違いがあらわになってきたことであった。有名になったサンドの前には好意を寄せる男性が次々に現れていた。そのうえ、ラトゥシュと文芸評論家のギュスターヴ＝プランシュが彼女の恋人であるという噂《うわさ》がたち、友人たちは彼女を非難するようになってしまった。

一八三三年初め、ついにサンドはジュールと別れる決心をした。彼女は年下の恋人をイタリア旅行に行かせることにしたのである。彼のパスポートを取ってやり、旅費も工面してやった。彼は意気消沈していたが、それでもなんとかイタリアにむけて出発していった。これが、ジュールとオーロールの恋の終わりであった。六年後、ジュールは『マリアンナ』[*7]という小説の中でオーロールの思い出をよみがえらせることになるであろう。

パリでジュールと暮らした年月は、オーロールの生涯における決定的な転機であり、まさに驚異的な年であった。ジュール＝サンドーとジョルジュ＝サンドの人生はその後ほとんど交差することはなかったが、この時代に得た友人の幾人かはその後も長くサンドの人生とかかわることになろう。

男装、そしてマリー＝ドルヴァル

男装がもたらす行動と精神の自由　ジュール＝サンドーと暮らしはじめたころ、オーロールは衣装代の節約という実際的な理由から男物の服を着用したのであるが、それについて『我が生涯の物語』では次のように語っている。

「私はグレーの厚地の布で哨舎風のルダンゴト（フロックコートの一種）、ズボン、チョッキを揃いにして作らせた。グレーの帽子にウールの大きなネクタイを着けると、私はまさに小さな新入生だった。ブーツをはくのはなんて嬉しかったことだろう。兄が若いころに初めてブーツをはいた時のように、そのまま眠りたいくらいだった。鋲を打ったくつをはくと舗道をしっかり歩くことができた。私は、パリのはしからはしまで歩きまわった。世界一周でさえやったであろう。そのうえ、私の服は怖いものなしだった。私は好きな時に出かけていき、好きな時に帰り、あらゆる劇場の平土間に行ったものであった。だれも私に注意を払わなかったし、私の変装に気づかなかった。私は男物をらくらくと着ていたうえ、服や顔つきが女っぽくなかったのでだれも不審に思わなかったのだ。私の質素すぎる服装や愚直そうな様子（いつもの私のうわの空で、ともすれば呆けたような様子）は他人の視線をひきつけなかったのである。女性たちは、劇場においてさえも変装の仕方をほとんど知らない。彼女たちは細い胴、小さな足、動きのしおらしさ、目の輝きを犠牲にしたくないのだ。だが、これらすべて、特に視線をうまく使うことによって、容易に正体をみやぶられないようにすることができる。だれにも振り向かれずにあらゆる所にもぐりこんだり、耳もとでフルートの音ほどもひびかぬ低くて鈍い調子で話す方法もあった。とにかく『男』として人目をひかぬように、あらかじめ『女』として目だたぬ習慣を身につけておかなくてはならないのだ。」

男装のサンドのカリカチュア。1842年『シャリヴァリ』紙に掲載

このように、男装は女の服を着ていた時には得られなかった自由を与えてくれた。人気作家となってからのサンドはその男装によってますます有名になり、「天才は性を持たぬ」と茶化されたり、同性愛者であるという噂《うわさ》も

流れることとなった。だが、動きやすい男物の服からくる行動の自由は、また、精神の自由ともつながっているのだ。

たとえば、数年後の一八四〇年に彼女が発表した『ガブリエル』[*8]という劇を見てみよう。主人公ガブリエルは、祖父によって男として育てられた少女であったが、ある時、いとこのアストルフという青年とめぐり会う。彼はガブリエルを男だと思い、ふたりのあいだに友情がめばえる。ある日、アストルフはぐうぜん服を着ていないガブリエルを見てしまい、彼女が女であることを知ってしまう。ふたりは恋におちて結婚し、ガブリエルは妻としての生活を始めるが、女となった彼女は昔の自由と幸福を失ってしまったことに気付く。息苦しい生活に耐えきれなくなったガブリエルはついに夫のもとを去って男としての生活に戻っていくが、まもなく悲劇的な最期を迎えることとなる。

四二年から四三年にかけて発表された小説『コンスエロ』[*9]の中でも、主人公の歌姫コンスエロが少年に変装して、少年時代のハイドンとともにボヘミアからウィーンまで旅をする話がでてくる。ここに描かれているのも、つねに危険ととなりあわせではあるが、なにものにもかえがたい自由への讃歌なのである。

ガブリエルやコンスエロの場合のように、ジョルジュ＝サンドの男装は彼女にそれまでなかった自由を与えたが、同時に彼女をふつうの女からますます遠いものにしてしまったと言えるかもしれない。生き方から着るものまで、まだまだ女性にたいするしめつけがきびしかった時代に、あえてその束縛に反抗した彼女が有名になればなるほど、その男装は人々の注目と顰蹙《ひんしゅく》の的になっていった。当時の人たちにとってこのようにスキャンダラスなサンドのイメージをますます強固なものにしてしまったのは女優マリー＝ドルヴァルとの交流である。

彼女は当時のロマン派演劇の大スターであった。

人気女優との交際

アレクサンドル＝デュマの『アントニー』やユゴーの『マリヨン・ドロルム』[*10]という芝居で大成功をおさめた彼女の美しい容姿だけでなく、一種の神がかりのような壮絶な演技はまさにこの時代の観客の好みと欲求を体現するものであった。

マリー＝ドルヴァルは一七九八年に旅回りの役者の私生児として生まれた。生まれ落ちた時から演劇の世界で生きてきた彼女は、同じ役者仲間の夫とのあいだに二人の娘、またピッチーニと言う音楽家とのあいだに末娘をもうけた。夫の死後、劇作家で評論家のジャン＝トゥサン＝メルルと再婚していた。

彼女は若いうちから何人もの恋人を次々と持っていたのだが、一八三二年ごろ、当時すでに有名な詩人で貴族であったアルフレッド＝ド＝ヴィニーと親しくなった。ふたりの恋は七年ほど続く。

さて、サンドとドルヴァルはどのようにして知り合ったのだろうか。ジュール＝サンドーとサンドはよく劇場に通っていた。そして、もちろん舞台上のドルヴァルはこの若いふたりを夢中にさせたのであった。サンドがドルヴァルの死後『我が生涯の物語』で彼女について語っている部分を読んでみよう。

「ドルヴァル夫人への深い共感にかられて、私が彼女にお目にかかりたいと言う手紙を書いたのは、『アンディアナ』しかまだ書いていなかったころだと思う。私はまったく無名であって、彼女が私の本のことを聞いたことがあったのかさえわからない。しかし、私の手紙の誠実な調子は彼女の心を打った。彼女がそれを受け取ったその日、私が手紙のことをジュール＝サンドーに話していた時、突然屋根裏部屋の戸が開いた。そして、ひとりの女性が入ってきて心をこめて私の首に飛びついた。『ほら、来ましたわ！』と息を切らして叫びながら。

私は舞台の上でしか彼女を見たことがなかった。しかし、その声が私の耳にとてもここちよく響いたので、私にはすぐに彼女だと分かった。彼女はきれいな人という以上に魅惑的な人であった。もちろんきれいではあるのだが、あまりにも魅惑的なのでその美しさは必要がないほどだった。それは顔ではなく、表情、魂であった。」

ロマン派演劇の大スター、伝説的なマリー＝ドルヴァル

当時ドルヴァルはヴィニーの恋人であった。夫メルルの黙認のもと（奇妙なことに、メルルとヴィニーは友人であった）、ヴィニーはしげしげとドルヴァル一家をたずねるのだが、やがてそこでサンドとも顔を合わせることになった。しかし、ヴィニーは彼女に好感を持たなかった。作家としてすぐに有名になったサンドとドルヴァルをめぐって、ふたりの関係は同性愛だという噂がたちはじめていたからである。これはもちろんヴィニーの気に入るものではなかった。

同性愛の噂

サンドとドルヴァルはたくさんの手紙を取り交わしている。お互いへのやさしい思いに満ちたこれらの手紙は読みようによっては愛の手紙とも、また、熱烈な友情の吐露ともどちらにでもとれる。たとえば一八三三年にサンドがドルヴァルにあてた長い手紙には次のような部分がある。

「なぜさよならも言わず、私があなたのあとを追いかけていけるように旅程も言い残さずに出発してしまったの、いじわるな人。別れの言葉も言わないであなたが発ってしまったのでとても悲しくなりました。ふさぎこんでいましたわ。あなたが私を愛していないと思いましたの。私はばかみたいに泣きました。」

ふたりのあいだの多くの手紙を所有し、長いあいだそれらを公開することを禁じていたド＝ロヴァンジュール子爵は彼女らの関係を同性愛と考えていたが、一九五三年にこのふたりの書簡集を出したシモーヌ＝アンドレ＝モロワはこれに否定的な意見を表明している。

芸術と恋と家族への
愛に生きた大女優

ヴィニーとドルヴァルの恋は一八三八年ごろには最終局面を迎えた。その時彼女の新しい恋人になったのは、なんと二七歳のジュール＝サンドーであった。サンドーはジョルジュ＝サンドと別れたあと、バルザックの仕事を手伝ったりしていたのだが、あいかわらず怠惰な野心家の文学青年で、いつも借金とりに追われていた。彼にとって、サンドはもう過去の女性でしかなかったが、彼女との思い出を盛り込んで書いた『マリアンナ』のことでドルヴァルとのあいだにひと幕もちあがることもあった。しかし、ふたりの女性の友情はそれでもこわれることはなかった。

一八四〇年ごろになるとサンドーもドルヴァルから少しずつ離れていく。彼の大きな望みは、レジヨン・ドヌール勲章を貰《もら》うこと、アカデミー・フランセーズ会員に選ばれること、そして、金持ちで家柄の良い令嬢と結婚することであった（七二歳まで生きた彼は、やがてこの三つを全部かなえることになる）。その年彼の父が死に、母や妹とともに残された彼は真剣に良い結婚相手を探し始めていた。四二歳になる、嫉妬《しっと》深い大女優はだんだん重荷になってきたのである。まもなく彼はナントに住む資産家の若い令嬢の心をつかむ。あいかわらずやさしい言葉をつくした手紙を外国で公演するドルヴァルに送るのだが、それもだんだん間遠になってくる。

ドルヴァルはおせっかいな友人たちの忠告やその他の徴候からうすうす若い恋人の心変わりと縁談の話を知っていたのだが、一八四二年の彼の結婚はやはり大きなショックであった。しかし、ヴィニーとの破局の時と同様、絶望にうちひしがれながらも彼女は病に倒れた夫と三人の娘たちのために舞台に立たねばならなかった。

ロマン派演劇の流行が去るとともにパリでのドルヴァルの名声はあせていったが、地方や外国ではどこでも彼女は喝采《かっさい》をもって迎えられた。彼女は町から町へ、劇場から劇場へと年じゅう旅する生活を送ることになる。そんな彼女に大きな慰めが訪れた。ルネ・リュゲという若い誠実な俳優が恋人となったのだ。リュゲは役者としては大物ではなかったが、ひとなみはずれた大きな心と愛情を持っていた。

一八四二年一二月、ドルヴァルはリュゲを自分の三女カロリーヌと結婚させる。このあたりのいきさつは当事者以外には理解しがたいのだが、意外にも若いふたりは幸福な結婚生活にはいり、五人の子どもをもうける。最初に生まれた男の子はドルヴァルの親友サンドにちなんでジョルジュと名付けられた。祖母はこの子を溺愛《できあい》して片時もそばから離さず、地方公演にも連れていくほどであった。だが、一八四八年に五歳の幼い男の子は病死してしまう。絶望につきおとされたドルヴァルにサンドが書き送った手紙が残されている。

「この別れはあなたにとってどんなに辛いことでしょう、かわいそうな人！　この苦しみにたいして私はあなたを慰めてあげることはできません。時がたてば、あの可愛いもうひとりの孫娘がそうしてあげられることでしょう。そしてカロリーヌは？　あの子のことは書いていないのですね。それからリュゲは？　あの人たちもどんなにか悲しんでいることでしょう。みんなのために強くなってちょうだい、私のやさしいマリー、みんなの苦しみを軽くし、あなたの苦悩があの人たちの不幸をもっとひどいものにしないように。こんな苦痛のあとでは、義務の感情だけが私たちを生き続けさせるのです。こんなにも波瀾と悲しみの多いあなたの人生において、もし私の友情が何かの意味を持つならば、それがもう古くからのもので、今まで一度も裏切ったことのないものだということを思い出してちょうだい。私たちの友情は争いや中傷や無数の悪意に耐え、いつも純粋で完全無欠なものでした。他の人たちにあんなにもひどく誤解されたあなたの気持ちが私にはわかっていました。世の中に満ち満ちているあらゆる偽善的な美徳よりもあなたのほうが善良で偉大であるといつも考えてきました。もう一度元気をだしてちょうだい。あなたのことを知りあなたがあれほど多くの不幸の中を生きてきたのを見た人たちはあなたを愛し本当に尊敬しているのです。」

ジョルジュの死後、みるみる生きる気力を失ったドルヴァルは、それでも家族のために舞台に立ったが、一八四九年五月カーンで病の床についてしまう。まもなくパリに運ばれ、そこで家族にみとられながら息をひきとった。彼女の死を知らせたリュゲ夫妻にあててサンドの書いた手紙は次のようなものであった。

「なんというひどい苦痛でしょう！　あの熱烈で寛大な魂、あの高い知性、女として母としてのあのやさしい心を私がどんなに愛し尊敬していたかをあなたたちは知らないでしょう。カロリーヌ、私はあなたが子どもだった時のことを知っているんです。あの人はどんなにあなたを愛していたことか。あなたはあのころ彼女にとってあの小さなジョルジュそのものでした。あの人の思い出を愛し、それをいつまでもあなたの心の中で純粋で非のうちどころのないものにしておいてちょうだい。たしかに、彼女は誤解され、そしられました。でも神はあの人のことをよくご存じで、あの人が不当に苦しんだあらゆることとの埋め合わせを今してくださっているんです。彼女が今は幸せなのだということをお信じなさい。なぜなら、彼女はそれに値する人です。なぜなら、神は正しく、神の御前で彼女は、今いっしょになることができたあのあなたがたの小さな子ジョルジュのように純粋なのですから。」

マリー・ドルヴァルとの出会いとその後のふたりの交流はサンドに大きな影響をおよぼすことになった。彼女の作品には俳優や歌手を主人公にしたものがたくさんあるが、たとえば『ルクレチア・フロリアニ』[*11]（一八四七年刊）の主人公のように芸術と恋と家族への愛に生きたドルヴァルの面影と重なるものも多いのである。

恋の遍歴と『レリア』

メリメとの情事

一八三二年一二月、サンドは有名な文芸雑誌『両世界評論』[*12]と定期寄稿の契約をかわし、経済的にはかなり余裕ができた。だが、ジュール＝サンドーとの関係が悪化するにつれて、彼女の心には大きな隙間《すきま》が生じてしまった。サンドはこの空白を埋めようとするかのように、次々といろいろな男たちとの情事をくりかえす。のちに『カルメン』[*13]（一八四五年刊）などの作者として有名になったプロスペル＝メリメもそのひとりであった。冷笑的なドンファン・タイプであったメリメは、強引にサンドに言い寄ってふたりはベッドをともにしたのだが、この経験は双方に後味の悪い思い出を残すこととなった。友人で文芸批評家のサント＝ブーヴにむかって、彼女は次のように告白している。

「自分が決定的かつ完全に『レリア』だということが私にはなっとくできなかったのです。そうでないということを自分に認めさせ、その冷たくていまわしい役割を捨ててしまえると思ってい

『カルメン』の作者メリメ。冷笑的なドンファン

ました。私のそばには奔放な女性（ドルヴァルを指す）がおり、彼女は崇高でした。私はというと、こちこちでほとんど処女のようであり、目もあてられぬほどエゴイズムと孤独にとらわれていました。私は自分の性向に打ち勝ち、過去の失望を忘れようとしました……。私はあの小説じみた不安、めまいをもよおさせるような疲労にとりつかれてしまいました。それは、すべてを否定したあとで、すべてをもういちど問い直し、以前に振り捨てた誤りよりももっとひどい間違いをおかさせるものなのです。こうして、親密な数年を過ごしても自分を他人に結びつけることができないと信じたあと、数日の陶酔が私の人生を決定してしまうと思い込んだのでした。結局、三〇歳の私は一五歳の娘でもしないような大きなしくじりをしてしまいました。ＰＭ（メリメのこと）の愛人になったのです。」

『レリア』の虚構と現実

この手紙にある『レリア』[*14]は一八三三年七月に発表されたサンドの三番目の長編小説で、出版されるやいなや、そこに描かれた性と欲望に関する赤裸な告白によってセンセーションをまきおこすことになった作品である。そのあらすじは次のようなものであった。

若い詩人ステニオは謎《なぞ》につつまれた美女レリアに恋するが、彼女の生まれも年齢も過去の生活も知らない。彼女には同じように謎めいたトランモールという友人がいる。彼に嫉妬《しっと》するステニオに、レリアはトランモールがきびしい試練をくぐりぬけて賢者となった元徒刑囚であると告げる。やがて、レリアはコレラにかかって死にかけるが、なんとか命をとりとめる。この世のすべてにたいして興味を失っている彼女は、ある晩、実の妹で高級娼婦《しょうふ》となっているピュルシェリに再会し、ふたりは自分たちの生き方を語りあう。

レリアはだれをも本当に愛することができず、結果的にステニオの恋心をもてあそぶことになり、絶望した彼は放蕩《ほうとう》の生活に身を投じる。いっぽう、アイルランド人の修道士マニュスという男がレリアにたいする道ならぬ恋のため狂人となってしまう。レリアとトランモールの努力にもかかわらずステニオは自殺してしまい、レリアも最後にはマニュスに殺されてしまう。

この小説は、フィクションの衣をかぶせてはいるが、作者自身の愛情生活の葛藤を描いたものと受け取られて、多くの読者の好奇心を刺激することとなった。今日でもレリアの物語の中に当時のサンドが置かれていた精神状態や性的な焦燥を見ようとする人々は多い。たとえば、アンドレ＝モロワはサンドという人物を理解するのに重要であるとして、『レリア』の女主人公の長い告白を引用しているが、そこには次のようなくだりがある。

「私の欲望は、感覚の力を目覚めさせる前にその力をそいでしまうような魂の熱狂なの。これは私の頭脳をとらえる野性的な熱狂で、頭の中にだけ集中するのよ……。

あの人が満足してまどろんでいるとき、私はそばでじっと茫然自失したままでいたわ。私はそんなふうに何時間も彼の寝ているのを眺めたわ。あの人のやすらかな額には力と偉大さがあったの。彼のそばで私の胸が高鳴ったわ。たちさわぐ熱い血潮が顔にのぼってくる、そして耐えがたい戦慄がからだを走るのよ。性愛の困惑としだいに高まってくる肉体的な欲望の混乱が感じられたわ。私は彼の目をさまし、胸にだきしめ、いまだにその快楽を味わうことのできない愛撫を呼びおこしたいという思いにかられたものだったわ。」

このような告白がレリアの上にサンドのイメージを重ねさせることとなり、「サンド冷感症説」を生じさせることになった。なお、ピュルシェリにドルヴァルの面影を見る人も多い。とにかく、『レリア』はベストセラーとなり、文壇におけるジョルジュ＝サンドの地位は確固としたものになった。こうして、まだ三〇歳にもならぬ才能にめぐまれた女流作家はパリの人々の注目を集めるようになったのである。

彼女をさらに大きなスキャンダルと噂のるつぼに投げ込むことになったのはアルフレッド＝ド＝ミュッセとの波瀾《はらん》の恋のいきさつであった。

ミュッセとの恋

早熟な詩人ミュッセ　ジョセフ＝バリーはミュッセとサンドの物語を次のように始めている。
「一七歳で彼は人々を魅惑した。一九歳で彼は天上にまつりあげられた。二二歳で彼はジョルジュ＝サンドにめぐり会った。この恋愛に関して大量のインクが使われ、ミュッセの絶対的支持者たちはサンドを中傷し、一方、少数派のサンド支持者たちはミュッセの悪口を書いたが、彼らはどちらかを攻撃することはもう一方をも傷つけることだということを忘れていた。なぜなら、ふたりは愛しあっていたのだから。」（『ジョルジュ・サンド　あるいは自由のスキャンダル』）
『レリア』が発表される前、一八三三年六月『両世界評論』の主筆フランソワ＝ビュローズが催した晩餐会《ばんさんかい》で、サンドは遊び人の噂も高い、ロマン派の「恐るべき子ども」であるアルフレッド＝ド＝ミュッセに出会った。彼は以前から有名な女流作家のことを知っていて、非常に興味をかきたてられていたところだった。

ラマルティーヌ、ユゴー、ヴィニーとともにロマン派の四大詩人のうちに数えられるミュッセは一八一〇年パリに生まれた。彼の家は一三世紀までさかのぼることができる古い家柄であったが、財産はたいしたことがなかった。彼には六歳年上の兄ポールと妹がひとりいた。小さい時から早熟な才能を示した彼を父は理工科学校に入れたがったが、彼はそれをこばんで、絵や法律や医学を学んだ。

一〇代の終わりになると、ロマン派の人々の文学サークルに加わるようになり、シャルル＝ノディエ、サント＝ブーヴ、メリメらとつきあいはじめた。そして、一八三〇年に『スペインとイタリアの物語』[*15]と題する処女詩集を発表した。これは大評判になり、無名の文学青年は一夜にして有名人になったのである。まもなく彼は最初の戯曲『ヴェネチアの夜』[*16]を書いてオデオン座で上演させた。しかしこちらのほうはさんざんな不評で、詩人はそれ以後劇場で演ずるための劇を書くのをやめる決心をした。

「ミュッセに恋してしまいました……」

さて、当時ヨーロッパで猛威をふるっていたコレラが一八三二年四月にミュッセの父をうばった。愛し尊敬していた父の死は彼にとって大きな衝撃であった。この時彼は二冊めの詩の本を出す決心をして、もしこれが成功せず、詩人として食べ

ロマン派の寵児ミュッセとの「世紀の恋」とヴェネチア旅行は世間の注目の的となる

ていくことができないなら軍人になろうと誓ったのであった。

そして一八三二年末、彼は第二作『肘掛椅子で見る芝居』[*17]を発表した。これは前作のような大評判にはならなかったが、メリメやサント＝ブーヴに激賞された。『両世界評論』に以後の作品を発表する取り決めがなされ、これによってミュッセは文学者としての活躍の基盤を確保したのであった。彼はこの雑誌に戯曲『アンドレ・デル・サルトオ』[*18]『マリアンヌのきまぐれ』[*19]、長詩『ロラ』[*20]といった作品を次々と発表した。彼とサンドがめぐり会ったのはこのころのことである。まだ少年のようなこの金髪の美青年は、その当時にはもうあらゆる快楽の味を知りつくしたいっぱしのドンファンでもあった。

ミュッセのさまざまな噂を耳にしていたサンドのほうは、最初のうちこそ警戒心で身をかためていたものの、すぐ彼に好意を持ち始め、それは恋に変わり、一か月後には彼の恋人になっていた。

三三年八月、サンドはサント＝ブーヴへの手紙で次のようにうちあけている。

「私は今度こそとても真剣にアルフレッド＝ド＝ミュッセに恋してしまいました……。今までこんな愛を想像したこともありませんでしたし、こんなところで出会うとは思ってもみなかったのです。私は最初のうちこの愛を否定し、しりぞけ、こばみました。そのあと、私は降参したのですが、そのことをとても幸せだと思っています。私は愛情というよりむしろ友情によって降参してしまったのです。すると、今まで知らなかったような愛情が自分の中にわいてきました。そしてきっと起こるにちがいないと思っていた苦痛もないのです。私は幸せです。」

『彼女と彼』

ところで、この二六年後（一八五九年、ミュッセの死から二年後）にサンドは、彼との恋を下敷きにした小説『彼女と彼』を発表した。その女主人公テレーズがはじめてローラン（モデルはミュッセ）に愛をうちあける場面で、彼女は彼の手をとって次のように言う。

「けっして私からこの手をひっこめてはいけません。どんなことが起こっても、私があなたの恋人になる前にあなたの友であったということを忘れないだけの誇りと勇気を持っていてくださいね。あなたの最初の情熱の日から私思っていたんです。私たちがもっと別の、まずい愛し方をしないためにも、今までのような気持ちで愛し合っている方がよかった、と。でも、あんな幸福は続かなかったわ。なぜなら、あなたは私と同じ気持ちではなかったし、私たちの関係はあなたには苦痛と歓喜のまざりあったものだったのでしょうが、苦しみのほうが圧倒してしまったのよ。たったひとつだけお願いがありますの。もしあなたが私の友情に飽きてしまったように私の愛に飽きてしまう時がきたら、私があなたの腕に身をなげかけたのは錯乱の一瞬ではなく、官能の陶酔よりもっとやさしく永続的な感情と心の飛躍からだったということを思い出してくださいね。」『彼女と彼』はミュッセの家族や友人たちのあいだに大きな反発を引き起こした小説であるが、彼とサンドの友情が恋へと変わっていった様子をこの作品中にある程度かいま見ることができるであろう。

　八月になると、ふたりはパリを離れてフォンテーヌブローに出かけていった。その滞在中のある晩ミュッセが突如幻覚の発作におそわれて、狂気に近い錯乱状態におちいった。さいわいそれは一時的なものだったが、これがふたりの至福の時にきざした最初の不吉な影である。

　ところで、恋人たちはイタリア旅行を計画していた。修道院時代に受けた教育のお蔭でサンドはかなりよくイタリア語を解したし、イタリア音楽をこよなく愛好していたからでもある。また、ふたりにとってスペインとイタリアはあこがれの国だった。かの地の人々は情熱に生き、女たちは官能的で美しく、男たちは雄々しく、要するにロマン派の奔放な空想が凝縮した土地だったのである（サンドは五年後ショパンとともにスペイン領マヨルカ島に出発するであろう）。

ミュッセとのイタリア旅行

ふたりはヴェネチアに行く計画を立て、一八三三年一二月にパリをあとにした。途中のリヨンからアヴィニヨンまでは、『赤と黒』[*21]の作者スタンダールといっしょになった。この外交官作家と出会ったことをサンドは喜んだが、彼が皮肉な調子でイタリアにたいする彼女たちの幻想を茶化すのにはうんざりしてしまった。恋人たちはマルセイユまで下り、そこからヴェネチアにむかった。その年の最後の日に水の都に到着。ふたりはホテルに落ち着いたが、旅の疲れが出たのか、サンドがすぐに病気になり床についてしまった。これが、ふたりの恋の破綻のきっかけとなった。病床のサンドをしりめにミュッセは夜の街に出かけて歓楽を求めたのだ。

だが、この破局は突然おとずれたわけではなく、ヴェネチアにむかう道中からふたりのあいだはすでにぎこちなくなっていた。原因はいろいろあろうが、なによりも、旅行中も原稿書きの手を休めないサンドにたいするミュッセのいらだちがあった。出発前『両世界評論』と新作執筆に関する契約をとりかわしていた彼女は、ジェノヴァやフィレンツェでも毎晩何時間もペンをとり、そのあいだは自分の部屋にかぎをかけたのだ。ミュッセはじょじょにこんな恋人に幻滅していったのである。

ほどなくサンドは回復したが、今度はミュッセが床についてしまい、錯乱状態になって叫んだりあばれたりする。彼女はつききりで詩人の看病をすることになる。

イタリアでの新しい恋人

ミュッセの病状が悪化する一方なので、サンドはイタリア人の医師を呼んでもらった。それが当時二六歳、ヴェネチア生まれの美貌《びぼう》の青年ピエトロ＝パジェッロであった。彼は献身的に詩人の治療にあたった。サンドはその姿に感激し、パジェッロのほうも、この有名なフランスの女流作家にひきつけられていく。

彼らは幾晩も徹夜で病人の看護にあたった。そのあいだ、ふたりはイタリアの文学、芸術、ヴェネチアの歴史やそこの人々について語り合う。青年が何かひとつのことを言い終えるごとに、サンドは彼が今何を考えているのかとやさしくたずねる。彼の方は、どぎまぎしてまっかになるのだった。

ある晩のこと、ミュッセが眠るベッドのわき、暖炉のそばにふたりが座っている時、突然何か決心したようにサンドが一枚の紙きれをとりだし、一心不乱に書き始めた。パジェッロは、彼女のじゃまをしないようにと、そばにあった本を読み始める。一時間たった。ついにサンドはペンを置き、今書き上げたものを青年に手渡した。それは次のような文章で始まる長い手紙であった。

「異なった空の下に生まれた私たちは考え方も言葉も同じではありません。せめて同じような心を持っているでしょうか。

私があとにしてきたなま暖かく霧の深い風土は私を静かでメランコリックな気持ちにさせました。あなたの額を焦がした燦々たる日光はあなたにどんな情熱を与えたのでしょう。私は愛し苦しむことを知っています。あなたは、あなたはどんなふうに愛するのでしょうか。

あなたの瞳の熱さ、あなたの腕のあらあらしい締めつけ、あなたの欲望の大胆さが私を誘い、また怖がらせます。私はあなたの情熱にあらがうこともこたえることもできません。私の国ではこんなふうに愛したりはしないのです。あなたのそばで、私は血の気のない彫像のようです。驚きと欲望と不安の中であなたを見つめています。」

この手紙はパジェッロを驚かせ、また彼の思いをますますかきたてることとなった。ほどなくふたりは熱烈に愛し合うようになる。だが、ミュッセの状態はあいかわらずであり、彼らは病人の異常な嫉妬《しっと》の発作をおそれてこっそり手紙を交換したりしていたが、やがてこの恋は隠しおおせなくなってしまった。しかし、この三角関係は、ミュッセがいさぎよくふたりの仲を認め、ひとりヴェネチアを発つことによって一時的にうまくおさまることになる。

ミュッセは別れの手紙を書いた。

「さよなら、ぼくのかわいいひと……。ぼくにたいするきみの憎しみあるいは無関心がどんなものであれ、今日の別れのキスがぼくの人生の最後のものであるならば、きみに知っていてもらいたいことがある。永久にきみを失ってし

ヴェネチアの恋人、医師ピエトロ＝パジェッロ

まったと考えながら踏み出した最初の一歩で、ぼくにはそれが当然の報いであり、これほど辛いことは他にないということがわかったということを。きみの思い出がぼくの中に残るかどうかがきみにとってほとんどどうでもいいことであるにせよ、きみの面影がもう薄れ、眼前から遠ざかっていく今日、ぼくは言わなくてはならない。きみが通り過ぎたぼくの人生の轍にはなにひとつ不純なものは残らないだろう、きみがぼくのものであった時にきみを敬うことができなかった人間が、涙にくれながらこれをはっきり理解し、きみの姿がけっして消えることのない心の中できみを崇拝している、と。さよなら、ぼくのかわいいひと。」

ミュッセとの往復書簡　サンドはヴェネチアからフランスの出版社にあてて次々と原稿を送り続け、ミュッセはパリまでの道すがら彼女に手紙を書き送った。

パジェッロは寛大で情にもろいやさしい恋人だったが、サンドはやがて彼にものたりなさをおぼえるようになった。天才詩人との嵐のような情事の残り火はまだ完全には消えていなかったのだ。そしてそれはミュッセのほうも同じであった。

「いとしいジョルジュ、ぼくはジュネーヴにいる……。

ジョルジュ、ぼくはまだきみを愛している。四日たてばぼくらのあいだは三〇〇里もひらくというのに、なぜぼくは率直に話さずにいられよう。この距離では、もう乱暴な行為も神経発作もおきない。きみを愛している。きみが愛する男のそばにいることを知っているが、ぼくは平静だ。きみにこれを書きながら、涙がとめどなくぼくの手に流れ落ちている。でも、これは今までに流したことのあるもっとも甘美でもっとも大切な涙なんだ……。

ぼくはきみをあんなに不幸にしてしまった。そのうえもっとひどいなんという不幸をひき起こすところだったのだろう。ぼくのジョルジュ、一八夜のあいだ、ぼくの枕元にかがみこんでいた、あの徹夜の看病にやつれた顔をぼくは長いあいだ思い浮かべることだろう。あんなにも多くの涙が流れたあの不吉な部屋にいるきみをぼくは長いあいだ思い浮かべることだろう。かわいそうなジョルジュ、あわれないとしいひと、きみはまちがっていたんだ。きみは自分のことをぼくの恋人だと思い込んでいたけれど、ぼくの母親でしかなかったんだ。天はぼくらをお互いのためにつくられた。ぼくらの知性はその高みで二羽の鳥のようにお互いを認め合った。だが、ぼくらはあまりにもはげしく抱き合ってしまった。ぼくらは近親相姦をおかしてしまったんだ。」

サンドはこれに答えて、次のように書いている。

「あなたの心が私から去ってしまったと考えながら私が幸せでいられるなんて、けっしてけっして思わないでちょうだい、アルフレッド。私があなたの恋人だったのかそれとも母親だったのかなんてどうでもいいことです。あなたが私に抱いたのは愛情だったのか友情だったのか、あなたといっしょにいて私が幸せだったのか不幸せだったのか、そんなことはなにひとつ今の私の気持ちを変えはしません。私は自分があなたを愛していることを知っています。それがすべてです……。私たちは自分たちを見舞うであろう不幸を予測していました。ね、結局それがなんだったというのでしょう。私たちは険しい山道を通りました。でも、今やいっしょに休息しなければならない高い所にたどりついたのです。私たちは恋人どうしでした。私たちは魂の奥底まで知りあっています……。あなたの言うとおりです。私たちの抱擁は近親相姦でした。でも、私たちはそのことを知らなかったのです。」

一八三四年七月、サンドはヴェネチアを去ってパリにむかった。もちろんパジェッロも同行したのだが、パリに着いた時、彼女の心は彼から離れてしまっていた。一〇月、傷心のイタリア青年は故郷に帰っていった（彼は九〇歳まで長生きして、のちのちまでサンドとの恋を忘れず、自分の子どもや孫たちにその思い出を話してやることになる）。

四月にパリに戻っていたミュッセはサンドを忘れられずにいた。そして、パジェッロがフランスを去ると同時にもう一度恋をよみがえらせることとなった。だが、結局は以前の繰り返しにすぎなかった。同じすれ違い、同じ嫉妬《しっと》、同じ口論。ふたりは求め合ったり激しく争ったりしながらその関係を続けていたが、やがてこの感情の嵐に疲れ果ててしまった。

一八三五年春、ついに決定的な別れの時がおとずれた。サンドはミュッセに何も告げずに、こっそりパリを発ってノアンに帰ってしまったのだ。こうしてふたりの「世紀の恋」は幕を閉じた。

『世紀児の告白』に見るサンドの影

一八三六年、ミュッセは小説『世紀児の告白』[*22]を発表した。これは次のような物語である。

初恋の女性に手ひどく裏切られた青年オクターヴはパリであらゆる放蕩《ほうとう》に身を投じ、虚無的な生活を送っている。だが、愛する父の死によっていなかに呼び戻された彼は、そこで年上の未亡人ブリジットと知り合い、彼女に真剣に恋するようになる。初めはためらっていたブリジットもやがて彼の熱情にほだされ、ふたりは結ばれる。だが、幸福の時はつかのまで、オクターヴは自分の中にあるどうしようもない嫉妬と猜疑心《さいぎしん》で恋人を苦しめはじめる。

いさかいと和解のくりかえしののち、ついにふたりは過去のすべてのしがらみを捨てて愛し合うため、外国に行こうと決心する。しかし、ちょうどそのころブリジットの昔の知り合いで貧しいけれど真正直で思いやりの深い青年スミトが現れる。オクターヴとの恋のため親戚《しんせき》たちに見放され心身ともに疲れ果てていたブリジットとスミトがお互いに急速にひかれあっていくのに気づいたオクターヴは、ふたりを自分の手で結び合わせたのち、ひとり旅立っていく。

この小説はもちろん、サンドと作者の恋の体験をもとにして書かれたものであろう。このなかで、オクターヴとブリジットが夜の森を歩き回るさいに彼女が男の服を着るところなどはまさに当時のサンドをほうふつとさせる。また、第四部第三章の次のようなブリジットの言葉もサンドのイメージと重なるものであろう。

「あなたが良い状態にある時、あなたは私に言いました、神が私にあなたを母のように見守る役を授けたのだと。それは本当のことですわ。私は毎日あなたの恋人ではありません。私があなたの母であり、またそうなりたいと思う日がずいぶんあります。そうです、あなたが私を苦しめる時、私はもうあなたを恋人として見てはいません。あなたはもう、疑い深い、あるいは強情な、病気の子どもでしかないのです。私はその子を看病したい、なおしてやりたいと思います、もう一度私の愛する人を、いつまでも愛したい人を取り戻すために。神様が私にその力を与えて下さいますように！」

ミュッセの死

翌年発表されたミュッセの詩『十月の夜』[*23]の中で詩の女神ミューズは詩人に次のように語りかける。

「おお我が子よ、彼女を憐れみなさい、あの美しい不実な人を、
昔おまえの目から涙を流させた人を。
彼女を憐れみなさい！　彼女は女であり、そのそばで、
苦しみつつも幸福な者たちの秘密を、神はおまえに悟らせたのです。

彼女の任務はむずかしかった。彼女はたぶんおまえを愛していた。

でも、運命によって彼女はおまえの心を砕いてしまったのです。

彼女は人生を知っていて、それをおまえに知らせました。

もうひとりの人がおまえの苦しみの果実を摘み取りました。

彼女を憐れみなさい！　その悲しい愛は夢のように過ぎ去ってしまった。

彼女はおまえの傷を見たけれど、それをふさぐことはできなかった。

彼女の涙の中では、たしかに、すべてが偽りではなかったのです。

もしすべてが偽りであっても、彼女を憐れみなさい！　おまえは愛することができるのだから。」


サンドとの破局のあとの数年間は詩人ミュッセにとって最も実り多い時期であった。詩『五月の夜』『十二月の夜』（一八三五年刊）、『八月の夜』[*24]（三六年刊）、『十月の夜』、戯曲『気紛れ』[*25]（三七年刊）等の傑作が次々と発表された。だが、この時期のあと、彼のインスピレーションは涸《か》れ始め、あまり書くことができなくなった。一八三九年にはピストル自殺をくわだてたこともあった。ロマン派の寵児《ちょうじ》ミュッセのデビュー当時のはなばなしさは過去のものとなり、人々は彼の作品をあまり評価しなくなっていた。

ところが、一八四七年に彼の一〇年前の戯曲『気紛れ』がロシアで大あたりし、そのあとパリでも上演されてたいへんな評判になった。こののち、彼の他の作品も次々と舞台で演じられることとなった。そして、五二年にはアカデミー・フランセーズ会員に選ばれたのである。

しかし、晩年の彼は結局若いころの放蕩《ほうとう》の習慣から抜け出すことができず、また、さまざまな病に苦しめられていた。彼がついにこの世を去ったのは一八五七年、四六歳の時である。

二年後、五四歳のサンドが『彼女と彼』を発表した。この作品には女主人公の恋人ローランの欠点がかなり容赦なく描かれている。そこで、この小説を読んでいきどおった詩人の兄ポール＝ド＝ミュッセは、同じ年に『彼と彼女』*26を書いて弟を弁護することになるのである。

本章冒頭の引用でバリーが述べているように、サンドとミュッセの恋愛に関しては現在にいたるまで多くの本が書かれている。それらのうち、作家で政治家のシャルル・モーラスが一九〇二年に発表した『ヴェネチアの恋人たち　ジョルジュ＝サンドとミュッセ』は日本語にも訳された。また一九八五年には、作家フランソワーズ＝サガンが序文をつけたサンドとミュッセの書簡集が出版されている。

結婚生活の終わりと『モープラ』

ミシェル＝ド＝ブールジュ　一八三四年春、サンドがヴェネチアでパジェッロと愛の生活を送っているころ、フランス社会はかなり騒然としていた。四月にはリヨンやパリなどの都市で暴動がおこり、大勢の人々が逮捕された。彼らの裁判は翌年おこなわれ、その年最大の政治的訴訟としてフランスじゅうの注目を集めることとなる。

さて、ミュッセとの恋に終止符を打ってノアンに帰ってきたサンドではあったが、夫カジミールとのひとつ屋根の下の生活はまったく耐えがたいものとなっていた。彼は、妻のいないあいだ使用人に手を出したり近隣に愛人を作ったりと気ままな暮らしをしていたのである。

サンドはノアンを自分ひとりのものとして取り戻したいと考えはじめていた。一方、カジミールもいなかの生活に飽きてきたところであった。そこで、ふたりのあいだで別居の取り決めがかわされることになった。それによると、サンドがノアンを取り、カジミールはパリにある家を取る。子

弁護士ミシェル。筋金入りの共和主義者

どもたちはふたりともパリの学校にいたが、カジミールがモーリスの教育費を払い、サンドがソランジュを引き受けることとする。この契約書にふたりは署名したが、カジミールのほうはだんだんその内容に不満を感じはじめ、夫婦のあいだの雲行きが再びあやしくなった。悩んだサンドは友人たちのすすめで、一八三五年四月、古都ブールジュに住む高名な弁護士ルイ＝クリゾストム＝ミシェル、通称ミシェル＝ド＝ブールジュに会いに出かける。

　サンドと出会ったころの彼は三七歳、『レリア』を読んだばかりで、この小説の作者に夢中になっていた。すでに頭がはげあがり、腰のまがった小柄な男であったが、青白い顔にある近眼の目は暖かかった。いつもぶかっこうな外套《がいとう》と大きな木靴をはいている見栄えのしない男性であったにもかかわらず、実に雄弁で、しゃべっているときのミシェルには人を魅了するものがあった。初対面のサンドにむかって、必要ならば流血もいとわず革命によって完全な平等社会を築くべきであるという自分の持論をとうとうと説ききかせた。それは彼女が今まで出会ったことのないタイプの男性であった。ふたりはすぐさま意気投合した。

　四月末、ミシェルは前年のリヨン暴動の裁判の弁護人としてパリに行き、サンドは彼に会うために首都にやってきた。このころのことを彼女は次のように語っている。

「彼と私のパリでの再会後数日たつとすでに私の生活の様相は一変してしまっていた。もし彼がいなければ、みんなが呼吸している空気の中にある興奮した気配が大量に私の屋根裏部屋まではいりこんできたかどうかはわからない。しかし、彼とともにそれは大波のように押し寄せてきたのだった。彼は親友のジレールをはじめ、我々の近隣地方で選出されてきた四月暴動の被告人の弁護人たちを私に紹介した……。昼のあいだ私は他の友人たちを迎え入れた。彼らのほとんどはエヴラール（サンドがミシェルにつけたあだ名）を知らなかった。みんなが彼の意見に賛成というわけではなかった。しかし、彼らといっしょの時も外で起こっている出来事のことで議論が沸騰し、この裁判があらゆる人にもたらした熱の発作に我を忘れずにいることはほとんど不可能であった。

エヴラールは私を六時に迎えにきて、私たちはいつもの仲間とともに静かな小さいレストランで軽い夕食を取ったものだった。そのあと全員で、セーヌ河の船に乗ったり、あるいはバスチーユまで大通りにそってそぞろ歩いたりするのである。私たちは人々が話していることを聞き、群衆の動きを見守った。群衆は興奮し夢中になってはいたが、エヴラールがいなかから出てくる時に期待していたほどではなかった。

この男性たちのあいだでたったひとりの女性であることから、私は人目をひかぬよう何度か再び少年の服を着用したものであった。この服のおかげで私はだれにも気づかれずに有名なリュクサンブールの五月二〇日の公判を傍聴することができたのである。」（『我が生涯の物語』）

急進的共和主義者ミシェルの影響　ミシェルはすでに結婚していたが、七月ごろにはサンドと彼は恋人どうしとなった。ふたりは数多くの情熱的な手紙をとりかわし、人目をしのんでは愛を確かめあっていたが、ミシェルはサンドにたいして、彼女が自分の苦しみや個人的な問題にのみ閉じこもって外の社会に目をむけないのをいつも非難していた。ずっとのちにミシェルが亡くなったあと、サンドは次のように彼に語りかけることになる。

「私は病気で人間嫌いでした。あなたは私を癒してくれました。あなたは私をたいへん感動させたのです。私の高慢さをあなたは激しくやっつけ、心の氷を溶かす同胞愛の理想をかいま見せてくれたのでした。」（『我が生涯の物語』）

この「同胞愛の理想」こそミシェルがサンドに与えた最大の影響であった。修道院を離れて以来カトリック教から遠ざかった彼女は、そこにできた宗教的・哲学的・倫理的な空白を埋めてくれる何ものかを探し求めていたのであった。急進的共和主義者ミシェルとの出会いによってサンドは七月王政当時のフランスの政治問題や社会問題に目を向けるようになったのである。このことは、のちに見るように、宗教家フェリシテ＝ド＝ラムネや社会思想家ピエール＝ルルーの思想にサンドを共鳴させ、彼女の世界観や宗教観を大きく転回させることになるであろう。

訴訟中に執筆した『モープラ』

　ところで、デュドヴァン夫妻のあいだの緊張は日に日に高まっていき、ある日ついにそれが爆発する時がやってきた。

　一八三五年一〇月一九日、ノアンの館でデュドヴァン一家と友人たちが夕食を取った。みんなが食後のコーヒーを飲んでいる時、モーリスがクリームを欲しがったが、カジミールはいらだって息子に部屋から出ていくように言った。モーリスは母親のそばに逃げ、夫婦のあいだに口論が始まった。だんだん逆上してきたカジミールは鉄砲を持ち出し、そばにいた友人たちに押しとどめられるという騒ぎになったのである。

　サンドはただちに彼女の弁護士のもとに相談に出かけ、そのあとブールジュまでミシェルに会いに行った。弁護士たちの意見は一致していた。この機会を逃さずすぐに別居と財産の分割を要求する訴訟をおこすべきである、と。当時のフランスでは法律上離婚は不可能だったからである。

　翌年一月にラ・シャトルの裁判所が証人を喚問し、双方の訴えが審理された。五月にはサンド側に有利な判決が出たが、カジミールは今度はブールジュの裁判所に訴えた。夫婦の両方がお互いの不貞や不品行の証人や証言をやっきになって集めたため、泥沼のような裁判になった。サンドの異母兄イッポリトはカジミール側につき、ミシェルは恋人のために熱弁をふるった。結局、裁判所は訴訟を却下して、示談への調停を言い渡した。

　そして、七月になって夫婦の間にやっと最終的な示談が成立することとなった。サンドはノアンの館と土地およびソランジュの養育権を得た。カジミールはノアンを去り、一八七一年の彼の死までにふたりが顔を合わせたのは三回ほどしかなかった。

さて、このように暗い葛藤と訴訟の時期、サンドはいったいどのように毎日を過ごしていたのだろうか。

彼女は、その後彼女の傑作のひとつに数えられることになる『モープラ』(日本での初訳題名『モープラア』)という小説を書いていたのである。この作品が書き始められたのは一八三五年三月ごろであるが、途中で何度か中断されて最初予定していた内容とはかなり違ったものになり、最終的に完成したのは三七年五月であった。

『モープラ』の物語

ヴァレンヌ地方の貴族モープラ一族のうち本家のほうは一八世紀中ごろに没落し、当主トリスタンと八人の息子たちは先祖伝来の館ロッシュ・モープラにこもって盗賊となり、近隣の人々から恐れられていた。いっぽう、モープラ一族の分家の当主ユベールは人格者としてしたわれ、相当な財産も持っていた。本家当主の孫であるベルナール＝ド＝モープラが語り手となって自分の生涯を物語るのがこの小説である。

ベルナールが一五歳の時、ユベールのひとり娘エドメ（一五歳）が狩りのさいに盗賊たちに捕まってロッシュ・モープラに連れてこられる。エドメは当時流行の乗馬服を身につけた黒髪の美しい乙女である。これが、ふたりの最初の出会いであった。まだ女性というものを知らないベルナールにむかって無法者のおじたちは笑いながらエドメを彼に与えると約束した。館の外に役人たちがせまり銃撃戦が始まっていた。ベルナールはエドメがひとり閉じ込められている部屋に戻ってくる。

「彼女は部屋の一端へ逃げて、むりに窓を開けようとしましたが、彼女の小さな手はさびついた鉄細工のある重いなまりの窓わくを動かすことすらできませんでした。彼女のその様子を見て私は笑いました。彼女は恐怖に捕われて両手をにぎりしめながら、身動きもせず立っていました。突然、その表情が変わりました。彼女はいかにすべきかを決心したようすで、にこやかに両手をひろげて私のほうへ近づいてきました。その姿は、目がぼうっとして一瞬彼女が見えなかったほど美しかったのです……。

私の最初の衝動は彼女を抱きしめることでした。しかし、最も粗野な人間の場合でも、打ち勝ちがたい讃美の念を感ずるのが初恋の特徴ですが、私もそういう讃美の念によっておさえつけられたとでもいうように、彼女の前にひざまずき、自分の胸に彼女の膝をおしつけました。が、心の中では、彼女のことをたいへんなふしだら女だと思っていたのでした。それにもかかわらず、私は幸福を感ずるあまりほとんど失神しそうでした。

彼女はその美しい手で私の頭をはさんでこう叫びました。

『ああ、私はまちがっていませんでした！　私はあなたがあの堕落者たちのひとりではないことをよく知っていました。あなたは私を助けてくださる。ありがたい！　ありがとうございます、神様！　どこから逃げましょうか。窓からとびおりなければならないのでしょうか。私は怖くはありません。さあ、行きましょう！』

私は夢からさめたようでした。正直にいえば、この目覚めはとても不愉快でした。

『どういうことだ』と私は立ちあがりながらたずねました。『あんたおれをからかっているのか。あんたはどこにいるのか知らないのか。おれを小僧だと思っているのか』

『ロッシュ・モープラにいるのは知っています』と彼女はまたもやまっ青になって答えました。『私は二時間のうちに辱めを受けて殺されるだろうということを知っています。もしその二時間のうちにあなたの心にあわれみの情を生じさせることができなかったら。けれども私はきっとできると思います』。今度は彼女が私の足下にひざまずいて叫びました。『あなたはあの人たちの仲間ではありません。あの人たちのような人非人になるには、あなたはあまりに年が若いんですもの。あなたの目を見ると、あなたが私をかわいそうに思ってくれていることがわかります。私を逃してくれるのでしょう、ね？』……。

『あんたはおびえているんだね』と私は言いました。『おれを怖がるのは間違いだよ。あんたを痛めつけたりはしない。こんなに美しいんだもの、あんたをかわいがる以外のことをするもんか』

『ええ、でも、おじさんたちが私を殺すでしょう』と彼女は叫びました。『あなたもそれをご存じでしょう。あなたは私を殺させるのですか。私のことを好いてくださるなら、助けてください。私はそのあとであなたを愛しますわ』

『ああ、そうだ、あとで、あとで』と、私は愚かしい不信の態度で笑いながら答えました。『さっきおれがあんなに打ちのめしたあの役人たちにおれをしばり首にさせたあとでね。さあ、すぐにおれを愛しているっていう証拠を見せてくれ、そのあとであんたを助けてあげるよ。ほら、おれだって、〝あとで〟と言えるんだぜ』

乗馬服姿のエドメ。ジラルドン画

私は彼女の後を追って部屋の中をぐるぐるまわりました。彼女は逃げたけれど、怒った様子は見せずに、やさしい言葉で私に抵抗しました。あわれな娘の唯一の希望は私にあり、私をいらだたせることを恐れたのです。ああ、もし彼女のような女性と私自身のあの時の立場を理解できていたならば！　しかし、私はそれができなかったのです。ただひとつの思いこみしかありませんでした。あんな場合、狼が持つような考えしか。

　結局、彼女のあらゆる懇願にたいする私の唯一の答えはこうでした。『あんたはおれが好きなのか、それともおれをばかにしているのか？』。彼女は獣のような男を相手にしているのだということを知りました。それで心を決して私のほうに近づき、首のまわりに腕を投げかけて私の胸に顔を埋め、私がその髪にキスするのをそのままにしていました。やがて、彼女はやさしく私をおしやりながら、こう言いました。

『ああ、どんなにあなたが好きか、初めて会った時から私があなたを愛さずにはいられなかったってことがわからない？　私があなたのおじさんたちを憎んでいて、あなたひとりだけのものになりたいのだということがわからないの？』

『ああ』と私はがんこに答えました。『だって、あんたは腹の中でこう考えているんだろう。〝好きだと言って、このばかな男を自分の思いどおりに説きつけよう。この人はそれを本気にするだろうから、連れ出してしばり首にさせてしまおう〟ってね。さあ、もしあんたがおれのことを好きなら、その証明にはたった一言しかないんだぜ』

　彼女は苦しげな様子で私を見ました。私のほうは彼女が頭をそむけていない時、そのくちびるに私のくちびるをおしつけようとしました。私は彼女の手を握っていました。彼女はもう自分の敗北の時を先へのばす以外にはなにもできなかったのでした。突然、青白い顔に赤みがさしました。彼女はほほえみかけ、そして天使の嬌態とでもいうような表情で、こうたずねました。『で、あなたは、あなたは私が好きなのですか』

この瞬間から勝利は彼女のものでした。私にはもう自分の願望をとげる力はありませんでした。山猫のような私の頭は人間の頭と同様にすっかり乱されてしまいました。私が生まれて初めてこう叫んだとき、その声は人間らしい響きを持っているように思われました。『ああ、おれはあんたが好きだ！　ああ、あんたが好きなんだよ！』」

サンド版「美女と野獣」の物語　こうしてベルナールの粗野ではあるが純粋な心をとらえたエドメは、彼とともにロッシュ・モープラを逃げ出して父のもとにたどりつく。ベルナールはユベールの館で暮らすことになった。

野蛮で残忍な一族の中で、それまでまったくかえりみられなかったベルナールにたいして、エドメと彼女の家庭教師だった司祭が教育をほどこす。エドメへの愛のため、彼女にふさわしい人間になりたいと願うベルナールは大きな進歩をとげるが、彼女にはすでに婚約者がいたのであった。

エドメへの恋心をもてあましたベルナールはラファイエット侯爵にしたがってアメリカ独立戦争に志願兵として参加し、アメリカで二年間を過ごしたのちに帰国する。その間にエドメは婚約を解消し、求婚者たちの足も遠のいて、年おいた父とともにひっそりと暮らしていた。また、本家のモープラ一族は政府軍の手でほとんど壊滅状態となり、悪賢いおじジャンとアントワーヌだけが行方不明中であった。ベルナールとエドメは再会し、彼は美しいいとこに求婚するが、ふたりはささいなことで口論になる。その直後、何者かによってエドメが狙撃《そげき》されて重体となり、嫌疑がベルナールにかかる。裁判が始まると、彼のおいたちなど、被告に不利な証言が次々に現れ、彼の死刑がまさに確定しようとした時、やっとのことで意識の戻ったエドメが出廷し、犯人は彼ではないと証言する。再捜査の結果、真犯人は本家モープラの生き残り、アントワーヌとジャンであったことが明らかになる。

最終章では、ベルナールとエドメが結婚したあとフランス革命が始まったことが述べられている。ふたりは革命の荒波をともにのりこえ生きていく。物語の最後でベルナールは八〇歳をこえ、一〇年前にエドメをなくしている。彼女の生前も死後も彼の生涯のただひとりの女性はエドメであった。

この物語で特に注目に値するのは女主人公エドメの人物像であろう。ベルナールが最初に目にしたのは「アマゾン」姿の彼女であった。アマゾンは女性騎手のことであるが、語源はもちろんギリシア神話の女戦士たちである。アンディアナやレリアなどそれまでのサンドの女主人公たちとエドメの決定的な違いは、かよわい美女でありながらも彼女が自らの知恵や機転そして女性の魅力といったあらゆるものを使って絶体絶命の窮地を脱出し、自分とともにベルナールをも盗賊の巣窟《そうくつ》から連れ出している点である。

そののち、彼女はその教養と愛でもって野性児ベルナールをりっぱな人間へと変身させていく。『モープラ』は「美女と野獣」の物語でもあり、同時に、作者が少女時代から愛読していたルソーの教育小説『エミール』[*27]のサンド版であるとも言えよう。

この作品は発表とともに大成功をおさめた。一六年後の一八五三年には、劇化されてオデオン座で上演されることになるであろう。

注

＊1――『若きウェルテルの悩み』は、一七七四年刊のヨハン＝ヴォルフガング＝フォン＝ゲーテの小説。邦訳は、竹山道雄訳・岩波文庫・一九五一年ほか多数。
＊2――原題＝Antony.一八三〇年作のアレクサンドル＝デュマの戯曲。
＊3――『三〇女』は、一八三二年刊のオレノ＝バルザックの小説。邦訳は、竹村猛訳・萬里閣・一九四七年刊。
＊4――原願＝Rose et Blanche.一八三一年刊。
＊5――原題＝Melchior.
＊6――原題＝Valentine.
＊7――原題＝Marianna.一八三九年刊。

＊8——原題＝Gabriel.
＊9——原題＝Consuelo.
＊10——一八二九年。邦訳は、神津道一訳・冬夏社・一九一九年刊。
＊11——原題＝Lucrezia Floriani.
＊12——原題＝Revue des Deux Mondes.
＊13——邦訳は、杉捷夫訳・岩波文庫・一九二九年刊。
＊14——原題＝Lélia.
＊15——原題＝Contes d'Espagne et d'Italie.
＊16——原題＝Nuit vénétienne. 一八三〇年作。
＊17——原題＝Un spectacle dans un fauteuil.
＊18——一八三三年刊。邦訳は、内藤濯訳・第一書房・一九二九年刊。
＊19——原題＝Caprices de Marianne. 一八三三年刊。
＊20——原題＝Rolla. 一八三三年刊。
＊21——一八三〇年刊。邦訳は、桑原武夫訳・岩波文庫・一九四八年刊ほか多数。
＊22——邦訳は、小松清訳・岩波文庫・一九五三年刊ほか数種類あり。
＊23——原題＝Nuit d'octobre. 一八三七年刊。
＊24——『五月の夜 Nuit de mai』『十二月の夜 Nuit de décembre』『八月の夜 Nuit d'août』。

＊25——邦訳は、遠藤誠一訳・角川文庫・一九五〇年刊。
＊26——原題＝Lui et Elle.
＊27——一七六二年刊。邦訳は、今野一雄訳・岩波文庫・一九六二〜六四年刊ほか数種類あり。

III　理想をめざして

ふたりの師

ラムネから学んだこと　ミシェルの雄弁によって、夫との正式な別居と自由を勝ち取ったサンドではあったが、ふたりの関係は波瀾《はらん》の多いものであった。一八三六年一〇月ミシェルにあてた手紙で彼女は次のように訴えている。

「あなたにとって愛は病気であり、私にとってそれは感情なんです。胆汁が口までのぼってきたら私に吐きかけることができるとあなたは考えているわ。それは弱い者にたいする強者の愛の権利であり、特性であり、避けられない結果だとあなたは言う。私が決してそんな条件を受け入れなかったことをあなたは知っているわね……。

冷静になり、病気をなおし、はっきりと物事を理解してあなたの専制君主的な考えを少し捨ててください。そして、神の前で私もあなたとまったく同じように歩いたり呼吸したり、異性たちと同席したり、同じ種に属する人々と人間的な言葉をかわす権利があるのだということを理解しようとしていただきたいの。」

嫉妬《しっと》深くて高圧的なところがあるミシェルとサンドの関係は翌年六月には最終的な破局を迎えることになろう。

ところで、ミシェルとめぐり会った三五年に、彼女はその後の自分の生き方や世界観に決定的な影響を与えることになるふたりの人物にも出会っていた。フェリシテ＝ド＝ラムネとピエール＝ルルーである。

ラムネは一七八二年にブルターニュ地方に生まれている。カトリックの信仰のあつい家族の影響で聖職についた若いころの彼は、教皇権至上主義の立場から『宗教的無関心に関する試論』[*1]を著し一躍有名になった。その中で彼は世俗の権力は教皇の宗教的権威に従うべきであることを力説していた。やがて、ラムネは当時の政治や社会問題に大きな関心をよせるようになっていく。そして、一八三〇年、彼は自由主義的キリスト教の立場にたつ雑誌『未来』[*2]を創刊した。『未来』はちょうどその年に起こったポーランドのカトリック教徒のロシアにたいする反乱を熱烈に支持し、フランス政府がポーランド人民を軍事的に援助するよう求めた。だが、ポーランドの反乱はロシアによってきびしく弾圧され、そのうえ教皇はロシア皇帝の行為の正当性を公式に認めたのである。このポーランド事件以前からもこの雑誌の自由主義的な論調はヴァチカンの保守派の反感をかっていたが、ラムネはわずか一年で『未来』の刊行をやめなければならず、教皇庁にたいする彼の不信の念

破門された宗教思想家ラムネ

は大きくなっていった。

三四年に『一信者の言葉』[*3]が発表された。ラムネのこの宗教的散文詩集は大きなセンセーションをまきおこすことになった。『一信者の言葉』は民衆に連帯を呼びかけ、神のみがすべての人間の父であり、弱い者たちは搾取者たちから自由を取り戻すために団結しなければならないと説く。この本には権力に追随しているかのような一部の聖職者のおこないにたいするほのめかしもあった。ほどなく教皇はラムネを破門する。これ以後彼はカトリック教を離れてしまったが、彼の思想は当時のフランスの自由主義的な知識人の大きな共感を呼ぶこととなった。サンドは『我が生涯の物語』で次のように回想している。

「当時私は宗教的真理と社会的真理を唯一の同じ真理の中に求めようとしていた。エヴラール（ミシェル）のおかげで、私はこれらふたつの真理が分割できぬものであり、お互いに補い合うものであることを知っていた。だが、私の目には光明によってわずかに金色をおびた厚い霧しかまだ見えなかったのである。あの怪物訴訟（四月訴訟のこと）の真っ最中のある日、ラムネ氏に好意を持たれていたリストが、私のすみかまで彼を連れてきてくれた……。

背が低くてやせぎすで病弱そうなラムネ氏は非常に弱々しく見えた。だが、彼の顔にはなんという光があったことだろう！　小柄で小さい顔にある鼻は突出しすぎていた。あのとびだした鼻がなければ、その顔は美しかったであろう。澄んだ目は炎を発していた。意志の中にある熱情を示すたてじわの刻まれたまっすぐな額、ほほえみをうかべた口もと、厳格そうにひきつった見かけの下でよく変わる表情、それは、あきらめと瞑想と宣教の人生がはっきりと現れ出た顔であった。」

ラムネの態度はぎこちなく不自然であったが、自分の信ずることを述べる時にはすばらしく雄弁であり、激しさとやさしさが奇妙にいりまじっているようだった。この最初の出会いでサンドは強い感銘を受けた。その年の暮れ彼女はラムネに初めて手紙を出している。

「あなた様がパリで私にちょっと話かけてくださったとき、私は人生のもっともひどい危機を抜け出したところでした。あなた様のおっしゃることを聞いて、それが真実であると感じました。あなた様の口から聞くとまったく疑問の余地がないように思われることがらを、自分がそれまであれほど疑っていたということに驚いてしまいました。しかしその時の私は、あなた様のお声が聞こえなくなった時や、まわりの状況におし流されてしまった時に、以前のような狂気に陥らないとは言いきれませんでした……。

　再び私が少しだけ生き始めた今、たそがれが始まったこの見知らぬ街道で、あなた様は暗闇から私を導きだすたいまつになってくださらなければなりません。私をお導きください。」

サンドがいかにラムネに心酔していたかをこの手紙からもうかがい知ることができよう。

さて、一八三七年にはラムネが創刊した新聞『ル・モンド』に彼女は書簡体の小説『マルシへの手紙』[*4]を報酬なしで連載する。

物語は、若くて聡明だが持参金がないので結婚相手がいない娘マルシに、ある男の友人があてた手紙の形式を取っている。サンドはこの作品の中で自分の宗教観や女性観を展開している。神の前では男性と平等である女性が、今の社会においてはその奴隷的境遇のせいで教育を拒否されているがために、知的能力が男性よりも劣ってしまっている。まず、教育によって女性の知力をひきあげねばならない、とマルシの友人は言う。彼はまた、マルシに精神的な成熟、自立すること、知的な成長を志し、本当に自分にふさわしい男性が現れた時にだけ結婚するよう忠告する。だが、小説の中でサンドが女性の情念や離婚の問題を取り扱おうとした時、この作品で展開される意見の急進性をこころよく思わなくなっていたラムネはその掲載を差し止めてしまった。サンドは敬愛に満ちた手紙を送って、ラムネがどの程度までこれらの問題を小説中で取り上げることを許すつもりであるのかをたずねたが、師の返事は冷ややかなものであった。こうして『マルシへの手紙』は未完のまま中断され、ふたりの関係も冷却してしまった。サンドによれば、彼女の社会主義的な傾向がラムネの気にいらなくなったのであり、「彼は私を前に押し出したあと、私があまりに速く進みすぎると思った。私のほうは、彼の歩みが時おりゆっくりすぎると思ったのだった。」(『我が生涯の物語』)

そののち、一八三八年から三九年にかけてサンドは『両世界評論』に『スピリディオン』[*5]を連載し、この小説は大きな修正をほどこされて四二年にペロタン社から単行本として出版された。

『スピリディオン』

『スピリディオン』は一八世紀後半の北イタリアの修道院を舞台にした幻想的な物語である。修道院に暮らす若い習練者アンジェルと老修道士アレクシは修道院の創立者スピリディオンの幽霊を見る。彼はユダヤ教徒として生まれ、のちにルター派の新教に改宗し、そのあとさらにカトリック教徒となった。しかし、生涯の最後にはキリスト教そのものを捨ててしまい、臨終のさいに自分の遺言をだれにも見せぬまま棺の中にいっしょに入れさせたのであった。ある時アンジェルはふしぎな声にうながされて地下の埋葬所に降り、スピリディオンの棺の中から彼の遺稿を取ってくる。彼の残したものは三つあり、最初のものは一三世紀イタリアのカラブリアの聖職者ジョアシャン゠ド゠フロールによって筆写された、聖書の『ヨハネによる福音書』であった。二番目はジャン゠ド゠パルムの『永遠の福音への手引き』であった。その内容は、旧約における父の啓示、新約における子の啓示の時代が終わると、最高の段階である聖霊による啓示の時代になる、というジョアシャンの説の解説である。最後の原稿はスピリディオンの手になるものであって、内容は、イエスが彼の夢に現れヨハネによる福音書のみを尊重するように言ったということ、また、宗教にはジョアシャンの主張した三つの時代があり、その二番目を占めるキリスト教の時代は終わって今や新しい宗教の時代が始まろうとしている、というものであった。

このスピリディオンの遺稿の部分については、サンドが書いたのではなく、当時彼女が師とあおいでいたルルーが代筆したものであると主張する人々がいる。その可能性は大きいが、決定的な証拠はないようである。いずれにしてもルルーがこの小説に与えた影響の重大さは無視することができない。それでは、彼とはいかなる人物だったのであろうか。

ルルーの教え

ピエール＝ルルーは一七九七年に生まれている。理工科学校に入学したものの経済的理由から勉学を続けることをあきらめ、れんが職人や植字工を経たあとジャーナリストになった。その当時彼は社会思想家サン＝シモンに会って大きな感銘を受け、彼の弟子のひとりとなった。サン＝シモンの死後に後継者たちのあいだで深刻な対立が起きると、彼はアンファンタンがひきいることになったサン＝シモン主義者たちのもとを去った。それ以後彼の思想は独自の展開を見せることになる。一八三四年から四一年まで、彼は友人のジャン＝レイノーとともに『新百科全書』*6を出版した。

ルルーは『スピリディオン』の主人公たちのようにキリスト教の時代は終わったと考えていた。彼にとって哲学と宗教は同義語であったが、カトリック教の教皇制や聖職者階級を連想させるような、アンファンタンにひきいられるサン＝シモン主義者たちの新興宗教には反発を感じたようである。やがて彼は次のような思想に新しい時代の信仰の拠り所を認めることとなった。それは、人類の「完全可能性」（人類は神のごとき「完全」に到達することができる）と「継続的進歩」（人間は「完全」にむけて永遠に進歩を続けている）の思想である。彼はまたこれらの思想を彼独特の転生説と結びつけている。それによれば、人間は不滅である。人の死というのは、もういちど生まれかわって新しい生を始める前に、それまでの記憶を消し去ってしまうための敷居のようなものにすぎない。われわれ人間はこのようにしていつまでも生き続けるのであり、この永遠の前進の中で人類はかぎりなく完全へと近づいていくのだとルルーは主張している。『スピリディオン』のアレクシは人生の終わりにこの新しい宗教にたどりついたのであった。彼は、ある意味においては自分がスピリディオンの生まれかわりであることに気づき、また、自分やアンジェルやすべての人々がおのおのの分担にしたがってその義務を果たしながら、神の定めた完全という目標にむかって進んでいるのを感じたのである。

一八三五年の夏にサンドとルルーは初めて会い、三六年の暮れごろから彼女は急速にルルーの思想に傾倒していったようである。それ以後四五年ごろまでの彼女の手紙にはひんぱんにルルーの名前が現れる。たとえば、三九年に彼らの共通の友人にあてた手紙を見てみよう。

「ルルーに、印刷上のことではなく（句読点はビュローズの仕事ですから）、哲学的な側面から『レリア』のゲラ刷りを校正して

固い友情で結ばれた社会思想家ルルー

もらえるかどうかたずねてください。たくさんの不適当な言葉や多くの不明瞭な議論があるに違いありませんから。私は彼に全権を委ねます。」

これなどを読むと、多くの人々が『スピリディオン』にもルルーの手が加わっているのではないかと推測したのもうなずけよう。なお、ここで言及されている『レリア』は三九年に出る改訂版『レリア』で、初版とはまったく違った「哲学的」作品となるはずである。

『スピリディオン』以降、サンドとルルーはその思想において、また私生活においても結びつきを深めていった。思想家として有名になりながらも、大勢の家族をかかえて経済的につねに困窮している彼にサンドはいろいろと援助の手をさしのべ、一八四一年には彼とともに『ルヴュ・アンデパンダント』[*7]という雑誌を創刊したりした。ルルーのほうも、ノアンにいる彼女の代理人としてパリで出版社とのあいだのさまざまな折衝やかけひきで彼女を助けたのであった。

一八四八年の二月革命前ごろまでのサンドの小説は師ルルーの社会思想や宗教思想の影響を強く反映したものが多く、一般に彼女の「社会主義小説」と呼ばれている。

フランツ＝リスト

天才的ピアニスト
フランツ＝リスト　「会いにいけなくて私がどれほど残念に思っているかをあなたに言う必要はないでしょう……。あなたがたがうるわしのヘルヴェチアか緑のボヘミアに芸術家たちの植民地を作りにいくのだろうと推測しています。幸せな友人たちよ！　あなたがたが打ち込んでいるのはなんて気高く甘美な仕事なのでしょう！　そして私の仕事はそれとくらべるとなんて不毛でやっかいなのでしょう！　私は沈黙と孤独の中で働かなくてはなりません。音楽家は弟子たちや演奏者たちとの和合と共感と団結によって生きているというのに。音楽というものは教えられ、示され、広がり、伝わるものです。ハーモニーというのは意志や感情の調和を要求するのではないでしょうか？　巨匠のシンフォニーを演奏するため、秩序と愛にたいする同じ気性で結ばれた一〇〇人の演奏家たちはなんてすばらしい共和国を実現しているのでしょう！　ベートーヴェンの魂がこの聖歌隊の上を飛ぶ時、なんという熱烈な祈りが神のもとに昇っていくのでしょう！
そうです、音楽、それは祈り、それは信仰、それは友情、それはとりわけ結びつきなのです。」

これは『両世界評論』にサンドが一八三四年から三六年にかけて発表した『ある旅行者の手紙』[*8]の第五信で、作曲家でピアニストのフランツ＝リストにあてた手紙の一部である（一八三七年に『ある旅行者の手紙』が単行本で出た時、これは第七信になっている）が、彼女の音楽に対する熱狂、偉大な音楽家たちにたいする羨望《せんぼう》に似た尊敬といったものを非常によく表している。

ところで、サンドの生涯に大きくかかわった音楽家を三人あげることができるかもしれない。フレデリック＝ショパン、フランツ＝リスト、そしてオペラ歌手ポーリーヌ＝ヴィアルドである。この三人はそれぞれ緊密なきずなで結ばれていたのであるが、これにはまたあとで触れることになろう。

三人のうち、まず最初に彼女の前に現れたのはリストであった。一八三四年一一月、当時サンドの恋人だったミュッセはリストに次のような手紙を送っている。

「きみにあさっての木曜日ぼくたちと夕食をご一緒いただけまいかたずねてほしいとサンド夫人に頼まれています。彼女は、堅苦しい訪問よりももっと気軽なやりかたできみと知り合いになりたいのです。

ぼくのため、彼女のためにぜひ来てください。ふたりで（ぼくたちふたりだけで）きみを待っています。」

このように、ハンガリー出身の若い天才ピアニストをサンドにひきあわせたのはミュッセであった。

リストをめぐる華やかな女性たち

ところで、リストとはいかなる人物だったのか。諸井三郎著『リスト』には次のような記述がある。

「その一生は、情欲と名声と活動の嵐の連続で、その人間性は、幾多の矛盾したものを包括していた。彼は子どもの時から、ジプシーの自由な官能的な音楽を非常に好んだが、このような傾向は、幼少のおりに示されただけでなく、成人してからの彼の生活のなかにも十分見ることができる。こうした反面において、清い、知的な、哲学的な性向を持ち、とくにいかなる音楽家よりも強い形而上学的傾向を包蔵していた。そしてこの知的な傾向は、多くの文豪や芸術家との交友の結果、いちじるしく深められたのである。これに加うるに、稀有な音楽的才能に恵まれ、それもピアノ演奏と作曲との両面にわたっていた。このように見ていくと、リストこそきわめて十九世紀的な人物であったということができよう。」

「きわめて十九世紀的な人物」リストとサンドを急速に親しくさせたのは、もちろん音楽と文学にたいする共通の関心であった。先に見たように、サンドをラムネにひきあわせたのはリストであった。彼はブルターニュ地方のラムネの家に滞在しにいって、その様子を彼女に知らせたりしている。

　サンドとリストの交友は、ミュッセの場合と同様、ふたりが有名人であったためにすぐ人々の注目を浴びることとなった。ふたりは一時恋人どうしであったとか、ベッドをともにしたことがあるという説もあるが、真偽のほどは明らかではない。いずれにせよ、当時のリストは才色兼備の伯爵夫人マリー＝ダグーと恋愛中である。彼女はフランクフルトの富裕な銀行家の孫娘で、夫とのあいだにふたりの子どもがあった。また、自宅に有名な文人や芸術家たちの集まるサロンを開いてもいたのである。このサロンで彼女が六歳年下のリスト（当時二一歳）とめぐり会ったのは一八三三年のことであった。はじめのうちリストの求愛にたいして冷淡であるように見えた伯爵夫人は、やがて身も心も彼に打ちこんでいく。そして、一八三五年初め、彼女がついに夫のもとを去ってリストとともにスイスに逃れる決心をしたのは、サンドの小説を読んでその恋愛観や結婚観に共鳴したからだとも言われている。

27歳ごろのリスト

パリのサロンに集う有名人

彼らはジュネーヴに落ち着き、十二月に長女ブランディーヌが生まれた。ふたりはフランスにいるサンドとたびたび手紙のやりとりをして、ジュネーヴに来るようにとさそう。そこで、一八三六年八月、サンドは子どもたち、ふたりの友人、使用人ひとりをつれてノアンを発ちスイスにむかった。ジュネーヴに着いてみるとリスト一行はすでにシャモニーに発ったあとだったので、彼らもシャモニーに行き、そこでいっしょになってあちこち旅行しながらジュネーヴに戻った。サンド一家は九月いっぱいスイスに滞在してリストたちとともに音楽と文学と笑いにあふれた楽しい休暇を過ごしたのち、一〇月にノアンに帰った。そのあと、サンドはパリに出てきてリストとマリー＝ダグーが借りたアパートの下の階を借り、客間を彼らと共有することになったのである。社交的なサロンを開くのが好きなマリー＝ダグーの招待で、そこには、ドイツの詩人ハインリヒ＝ハイネ、作家のユージェーヌ＝シュー、ラムネなど当時の有名人が集まることとなった。ポーランド生まれの天才音楽家フレデリック＝ショパンのピアノをサンドが初めて聞いたのもここであった。

リストとマリー＝ダグーのあいだには三人の子どもが生まれたにもかかわらず、一八三九年ごろにはふたりの関係は冷却し、四四年には完全に別れてしまうこととなった。マリー＝ダグーはパリで作家兼ジャーナリストとして活動しはじめる。リストのほうは精力的にヨーロッパ各地で演奏旅行に明け暮れる生活が続いた。そして、一八四七年にロシアのキエフでカロリーネ＝フォン＝ザイン＝ヴィトゲンシュタイン侯爵夫人とめぐり会う。夫との不幸な結婚生活に見切りをつけていたカロリーネとリストは深く愛しあうようになり、やがてワイマールでいっしょに暮らしはじめる。サンドとリストの交友は、リストがフランスから去ってからは時々手紙のやりとりをする程度であった。特に、のちにサンドとショパンが別れると、ショパンに深い共感を抱いていたリストはサンドにたいしてきびしい見方をするようになるのである。

だが、過ぎ去る年月とともにさまざまな誤解や小さなうらみは忘却へ、なつかしいかすかな思い出へと変わっていく。一八五五年にはリストの伴侶《はんりょ》ヴィトゲンシュタイン侯爵夫人がパリのサンドに会っている。彼女たちはリストのことを語り合ったようである。

一八五八年、ポーリーヌ＝ヴィアルドがワイマールでリストに会った。その時の様子をサンドに書き送ったポーリーヌにたいして、彼女は次のようにこたえている。

「あなたがリストについて話してくれたことでとてもうれしくなりました。たしかに彼の中にはりっぱな思想と善良な感情の世界があるのです。彼はしばらくのあいだ、つまらないことやむなしいものの中に迷い込みました。でもあれほどすばらしい性格の人は本来の道に戻ってこなければならなかったのです。リストに手紙を書くのでしたら、私が彼をずっと愛していると伝えてください。」

マリー＝ダグー、あるいはダニエル＝ステルン

パリ社交界の華マリー＝ダグー　ほっそりとした色白の肌に金髪の巻き毛と青い目をしたマリー＝ダグー伯爵夫人は、少女のころからパリ社交界の金髪の三美人のひとりに数えられるほど美しく、またそのピアノの才能は抜群であった。彼女と知り合う前、サンドはまるで自分の小説の女主人公のようなこの女性のことをリストから聞かされ、たいへん心を動かされたのであった。

すばらしかったスイス滞在の翌年、彼女はマリーとリストをノアンに招いた。彼らは一八三七年の二月から三月にかけてと、五月から七月にかけてやってきた。この夏ノアンの館はにぎやかだった。子どもたちやその家庭教師がおり、近隣の友人たちもひっきりなしにサンドをたずねてくる。

リストは自分のピアノをノアンまで運ばせていた。また、みんなは思い思いに散歩したり、川へ泳ぎに行く。夜になればマリーは本を読み、リストはピアノをひき、サンドは原稿を書く。そして、たいていマリーは早く部屋にひきあげ、居間にはリストとサンドだけが残ることが多かった。彼ら

マリー＝ダグー伯爵夫人。筆名ダニエル＝ステルン

が今とりかかっている作品について意見を述べあい、時間のたつのを忘れることもあった。

サンドとリストがあまりにも気が合うことにマリーが嫉《しっ》妬《と》したのかもしれない。のちにマリーが言うように、あるいは、サンドがリストを誘惑するといったことがあったのかもしれない。とにかく、この滞在の終わり近くになるとふたりの女性のあいだにはなにか気づまりな空気がただようようになった。

ノアン滞在のあとリストとマリーはイタリアに出発する。サンドと音楽家のあいだにはひんぱんに手紙のやりとりがあるのだが、マリーとは目に見えて疎遠になっていく。そして、翌年春サンドとショパンが急速に親しくなるとふたりの女性の関係はますます冷えてしまう。というのは、リストとショパンは親密であったのだが、マリーはショパンが気にいらなかったからである。

マリーはショパンとサンドの仲は長くはもつまいと予想していた。また、最近のサンドの作品は以前のものほどすばらしいできではないとも考えていた。こういったことをマリーはかなり辛辣《しんらつ》な調子でふたりの共通の友人であるシャルロット＝マルリアニ伯爵夫人への手紙に書いたのだが、シャルロットはマリーの手紙をサンドに見せてしまったのである。このあと、サンドはマリーとの交際を絶ってしまった。

バルザックの小説に描かれるマリーとサンド

ところで、マリーとサンドの仲たがいは思わぬ波及効果をおよぼすこととなった。バルザックの『ベアトリックス』[*9]の誕生である。

ジュール＝サンドーとの不和以来疎遠になっていたバルザックとサンドはこのころ再び付き合うようになっていた。そして、一八三八年初め、彼は二日間ノアンの客となったのであった。ふたりの同業者はおおいに共鳴するところがあり、さまざまな話題の花が咲いた。リストとマリーの波瀾《はらん》の多い恋愛関係についてサンドとバルザックが語り合ったのはその時のことである。サンドから聞いたことを題材にして、バルザックはさっそくひとつの小説を書いた。

『ベアトリックス』には女流作家カミーユ＝モーパンという人物が登場する。彼女は古い家柄に生まれた美しい女性で、強固な意志と、作家としてのすぐれた才能を持っている。このカミーユの恋人である作曲家コンチを奪ってイタリアに行ってしまったのが、ベアトリックス＝ド＝ロシュフィード侯爵夫人である。『ベアトリックス』を一読すれば、カミーユの人物像には明らかにサンドのイメージが重なっていることがわかる。金髪のすばらしい美女ではあるが冷酷な心を持ったベアトリックスがどのくらいマリー＝ダグーと重なるかは意見が分かれるところであろうが、当時の多くの人々はベアトリックスの人物像とその描写を読んでダグー伯爵夫人を思い浮かべたのであった。当のマリーもこの小説に腹をたて、一時はバルザックをかなりうらんだようである。『ベアトリックス』がどの程度まで「モデル小説」といえるかは別にしても、そのころサンドとマリーがどんなに有名であり、彼女たちの私生活がいかに人々の興味の的であったかはこのエピソードからもうかがい知ることができよう。

マリーに酷評された『フランス遍歴の修業職人』

ところで、マリーには少女時代からひとつのひそかな願いがあった。それは文章を書いて人々に読んでもらいたいということであった。彼女は少女のころから勉強家であらゆる種類の本を読んでいた。しかし、読書だけではあきたらず、書くことを熱望するようになっていたのだ。

マリーがリストの恋人だったころ、彼は音楽批評誌『ルヴュ・エ・ガゼット・ミュジカル・ド・パリ』[*10]に音楽評論を載せていたが、これはマリーの手になるものである。書く内容をリストが指示し、それをマリーが文章にしたのであった。

リストと別れてパリで暮らすようになると、マリーはさっそく自宅でサロンを開いた。すぐ以前のようにパリの名士や有名人がそこに出入りするようになる。その中に新聞界のナポレオンと呼ばれたエミール＝ド＝ジラルダンがいた。当時『ラ・プレス』という日刊紙を発行していた彼はマリーの最大の崇拝者であり、彼女の才能とその願望をよく知っていた。このジラルダンがそのころ出たばかりのサンドの新作『フランス遍歴の修業職人』[*11]の批評を書くようにと彼女にすすめたのである。

これは、ルルーの影響の濃いプロレタリアート讃美の小説で一八四〇年に発表されたものであった。主人公ピエール＝ユグナンは高潔で、頭がよく、美男の指物師である。女主人公イズー＝ド＝ヴィルプルーは貴族の娘であるが、自分の属している階級の偏見を乗り越えてピエールと愛しあうようになる。しかし、物語の最後にはイズーの父の反対によってふたりは別れなければならないのであった。

マリー＝ダグーはこの小説の批評をアンコニュ（「未知の人」という意味）の筆名で『ラ・プレス』に寄稿した。その中で彼女は次のように述べている。

「ジョルジュ＝サンドは理屈にあわないある奇妙な考えにとりつかれてはいないだろうか？　つまり、生まれだけではなく、受けた教育や、知性や、洗練された物腰や、言葉づかいといった点でももっとも高貴な女性が、かんなやのこぎりを使って一日中働く男性と結婚することがとても容易なことだと認めるべきだ、という考えである。」

マリーのこの批判が適切であるかどうかはともかくとしても、『フランス遍歴の修業職人』はあまり人気が出なかった。ルルーの影響のもと、サンドは、生まれや伝統的な教育のあるなしにかかわらず、新しい理想社会を築こうとする熱意を持つふたりの人間のあいだにはぐくまれる愛を描いたのであった。だが、読者の多くは、この小説の登場人物たちには以前のサンドの作品のような現実味がなく、作者の思想を展開するための単なる道具にすぎないという感想を持ったのである。

さて、一八四一年になると、マリーはジラルダンの強いすすめによって、『ラ・プレス』に美術批評を連載しはじめ、それにダニエル＝ステルンという男名を使うことにしたのであった。また、美術批評と同時に、彼女は『ネリダ』という小説と『自由論』[*12]を書きすすめていた。

だが、ダニエル＝ステルンがその名を歴史にとどめることになるのは、一八五一年から五三年にかけて発表された『一八四八年革命史』[*13]によってである。四八年というのは「二月革命」の年で、この本は革命の勃発《ぼっぱつ》から終焉《しゅうえん》までを彼女の目でながめ記録したものである（「二月革命」についてはのちに詳しく見ることになろう）。

さて、以上のように、リストとの別離のあとマリー＝ダグー伯爵夫人は作家兼ジャーナリストのダニエル＝ステルンとして活躍することになった。これは、夫との不和を機会にパリに出て作家となったサンドのケースとかなり似ているといえよう。このふたりの女性の関係は長いあいだ冷却したままであったが、一八六二年ごろになってようやくその氷がとけはじめ、ふたりはまた手紙をとりかわすようになるのである。

フレデリック＝ショパン

サンドを嫌っていたショパン

「夫と（一八五〇年にめぐり会うことになる）マンソーを除けば、フレデリック＝ショパンはサンドがもっとも長くいっしょに暮らした男性である。彼らの関係はまる八年続いた。それはすぐに結婚生活のような性格を持つようになった。最初のころの心のときめきは、ごく普通にやさしい友情、愛情にみちた気づかいへと変わった。彼らの関係を終わらせることになった理由は、日常生活でいつも夫と妻のあいだに生じるような、家庭の問題に関する意見の相違からきていた……。ショパンがジョルジュ＝サンドの生涯でいちばん重要な男性であったと言うことはできない。どんな男性もそう名乗る権利はないであろう。たぶん、彼女にはショパンよりももっと愛した男さえいたかもしれない。しかし、彼女と関係のあった男たちの中で、彼は確かにもっとも彼女にふさわしい人物だったのだ。

ショパンは年齢（一八一〇年に生まれている）や、からだつき（金髪でほっそりしていた）や、ものごし（エレガントで洗練されていて、上流ぶったところさえあった）によってあきらかにサンドー・ミュッセタイプに属していた。ジョルジュはいつも好んでこのタイプに戻ってきて、やがてこの好みは固定することになるであろう。ショパンは彼女の中の男性的な面と母性的な面をかきたてるのである。」

これは『ジョルジュ＝サンドの私生活』[*14]という本の著者ジャック＝ヴィヴァンの意見である。

一八三六年秋にリストがサンドとショパンをひきあわせた。

フランス人を父にポーランド女性を母として、フレデリック＝ショパンはポーランドの小さな村に生まれていた。一家は彼の誕生後すぐ首都ワルシャワに移り住むようになった。フレデリックには姉とふたりの妹がいた。

サンドの描いたショパン

幼いころからピアノの神童としてもてはやされた彼は、ワルシャワ音楽院作曲科を卒業したあと、ウィーンでピアニスト・作曲家として出発したのであった。二〇歳の時に祖国を出た彼は、一八三二年ごろからパリで活躍をはじめ、人々に知られるようになっていた。

サンドと出会った当時の彼は、作品を次々と世に出し、ピアノ教師としての評判も良く、経済的にも豊かであり、持ち前のセンスの良さと神経の細かい上品な立居ふるまいは、彼をパリ社交界の花形にしていたのであった。

ところで、そのころのショパンはポーランド人の若い令嬢マリア＝ヴォジンスカに恋していた。サンドに初めて会った時、マリアとはまったく対照的なこの女流作家の第一印象は悪かった。彼はワルシャワの家族あての手紙に次のように書いている。

「ぼくはたいへん有名な人に会いました。ジョルジュ＝サンドの名で知られているデュドヴァン夫人です。でも彼女の顔は感じが良くなく、ぼくは全く気にいりませんでした。彼女には何かぼくを遠ざけるようなものさえあるのです。」

また、友人のピアニスト、ヒラーは、「あのサンドはなんて不愉快な女だろう！　あれはほんとに女かね。疑わしいもんだ」とショパンが言ったと伝えている。

だが、サンドのほうはこの天才音楽家に好感を持ち、リストらとともに彼をノアンに招いたが、彼はその申し出を断ってる。

ところが、翌年になるとマリアの家族の反対にあってショパンと彼女の婚約はやぶれてしまい、彼は失意に沈むこととなった。そして、一八三八年四月ひさしぶりに再会したサンドと彼は急速に親しくなっていく。

ショパンがアルバムにはって死ぬまで大切にしていた短い手紙はたぶんこのころのものであろう。

そこには次の言葉が書かれていた。

「あなたを崇拝しています。　ジョルジュ

わたしも！　わたしも！　わたしも！！！　マリー＝ドルヴァル」

ショパンとサンドの恋

一八三八年五月末、自分のことをどう思っているのかなかなか態度をはっきりさせないショパンのことを思い悩んだサンドは、彼の親友のグジマーワという男性にノアンから次のような手紙を書いている。サンドはショパンとマリアが婚約解消したことをまだ知らなかったのである。

「私の言うことをよく聞いて、はっきり、きっぱりと明快に答えてください。彼が愛したがっている、あるいは愛さねばならない、あるいは愛さなければならないと思っているあの人（マリア＝ヴォジンスカ）は彼を幸せにできるでしょうか、それとも彼の苦しみと悲しみをふやしてしまう人でしょうか。彼があの人を愛しているか、愛されているか、私よりももっと愛しているかといったことをたずねているのではありません。私の中にも葛藤があるので、彼の心の中で何が起こっているかがだいたいわかるのです。彼の心の安らぎのため、幸福のため、そして、大きな苦痛に耐えるにはあまりにももろく弱々しいようにみえる彼の生命のために、彼が忘れるか見捨てるかしなければならないのは私たちふたりのうちどちらなのかを私はおたずねしているのです。」

六月にふたりはパリで会い、そして間もなく身も心も結ばれたのであった。三四歳のサンドと二八歳のショパン、フランスのみならずヨーロッパの他の国々にまで知られたこのふたりの芸術家の恋は、ミュッセの時と同じく、パリじゅうの人々の興味をかきたてることとなった。そして今回もまたサンドは異国での愛の暮らしを思い立った。だが、今度のフランス脱出にはもうひとつ大きな理由があったのである。それは息子モーリスの健康であった。というのは、一五歳になったモーリスはひ弱で病気がちであり、医者はどこか暖かい地方での療養をすすめていたのだ。

マヨルカ島でのショパンとサンド

サンドはいろいろ考えたあと、地中海に浮かぶスペイン領マヨルカ島に行くことに決めた。一八三八年一〇月、彼女は子どもたちと使用人の女性ひとりを連れてパリを出発し、南仏のペルピニャンに到着。彼らとは別にパリを出ていたショパンとそこでおちあった。スペインのバルセロナにむかう船に乗りこむ前、シャルロット＝マルリアニにあててサンドは書く。

「二時間後にフランスを離れます。まるでギリシャの海かとても天気のよい日のスイスの湖のようにまっさおに澄んだ平らな海のそばからお便りしています。私たちはみんな元気です。ばらのようにいきいきして、かぶらのように赤くなって、そのうえとっても元気なショパンはゆうペルピニャンに着きました。彼は馬車の中での四晩を英雄的に耐えぬいたのです。私たちのほうはといえば、ゆっくり、のんびり、行く先々の宿駅であたたかく迎えてくれる友人たちに取り巻かれながら旅してきました……。

空はすばらしいし、暑いんです。そして、この旅に完全に満足できるよう、あなたがたが私たちといっしょだったらいいのにと思います。」

一一月七日、サンドたちはバルセロナからまた船に乗ってマヨルカ島のパルマにわたった。そこの異国的な風景や暖かい気候は一行をたいへん喜ばせた。彼らは町の北方約七キロにあるエスタブリメンツというところに家を借りた。

一一月一五日、ショパンはパリにいる友人フォンタナに次のように知らせている。

「ぼくはパルマで、しゅろ、杉、サボテン、オリーブ、オレンジ、レモン、アロエ、いちじく、ざくろなど植物園の温室にあるあらゆる樹木のあいだにいる。空はトルコ石の、海は青金石の、山々はエメラルドの色で、空気はまるで天国のようだ。

日中ずっと太陽が照っている。暑いのでみんな夏のような服装だ。夜は、何時間ものあいだ、歌やギターの音がきこえてくる。巨大なバルコニーがあって、そこからぶどうの枝が垂れ下がっている。城壁はアラビア人たちの時代のものだ。街とすべてのものは全般的にアフリカに似ている。とにかく、すばらしい暮らしだ。」

だが、やがて天気が変わって雨がふり続くようになると、ショパンはかぜをひき、ひどくせきこむようになった。一二月三日づけのフォンタナあての手紙にショパンは書いている。

「この二週間のあいだぼくはひどい病気だった。一八度の暖かさや、ばらや、オレンジの木や、しゅろの木や、いちじくの木にもかかわらず、かぜをひいてしまったんだ。三人の医師（島で一番有名な医師）がぼくを診察した。最初の医者はぼくの痰の臭いを嗅ぎ、もうひとりはどこから痰が出るのか調べるために打診し、三番目はぼくが痰をはくのを聞きながら触診したよ。最初のは、ぼくがくたばっちまうだろうと言い、二番目は、くたばっているところだと言い、三番目は、もうくたばってしまってると言った。」

医師たちはショパンが結核にかかっていると結論した。サンドはこの診断を信用しなかったが、結核はスペインではペストのように恐れられていたため、ついに彼らは借家から追い出されるはめになった。そこで、サンド一行はパルマの北一八キロのところにあるバルデモーサに移り住むようになる。これは以前修道院だった建物で、その当時は政府のものとなって一般の人々に貸し出されていたのである。一八三九年一月二〇日、サンドはラ＝シャトルの友人に次のように書いた。

「私たちはほんの一か月前にここに住みついたのだけれど、世界じゅうのあらゆる苦労を味わいました。ここの住民は疑い深く、不親切で、悪意があり、エゴイストです。そのうえ、彼らはうそつきで、どろぼうで、中世のような信心家たちです……。

私たちは大きな修道院の一部屋を借りました。この修道院は半分廃墟となっていますが、私たちの住んでいる部分はたいへん便利で良い間取りになっています。私たちは天と地のはざまにいるんです。雲は遠慮なく庭を横切り、ワシは私たちの頭上でなきわめいています。地平線の両側には海がみえます。一五里から二〇里くらいの平野の後ろです。その平野は一里ほどある山の切れ目のむこうに見えるのです。これはたぶんヨーロッパで唯一の景色でしょう。私はとても忙しくてそれを楽しむひまもありません。毎日六、七時間子どもたちに勉強させ、それから、普段のように夜の半分を自分の仕事をして過ごすのです。」

しばしの平和が訪れた。サンドたちは天気の良い時はたびたびハイキングに出かけた。夜になると彼女は『スピリディオン』執筆に没頭し、書き上げた原稿をせっせとパリの出版社に送った。いっぽう、ショパンのほうもフランスから送らせたピアノで作曲にはげんだ。だが、マヨルカ島の湿気と島民の敵意が彼の健康に悪影響をおよぼしていた。そこで、ついに一八三九年二月、一行はマヨルカからひきあげてバルセロナに戻ることになった。サンドはシャルロット＝マルリアニあての手紙の中で嘆いている。

「ショパンのせきのため、また、私たちがミサに行かないからということで、マヨルカでの我々はまるでパリア（インドの不可触民）扱いでした。」

サンド一行はマルセイユ経由で六月にはノアンに帰り着いた。もちろんショパンもいっしょである。彼は秋までそこに滞在し、健康はすぐれないながらも、「ソナタ変ロ短調」「即興曲第二番嬰ヘ長調」「ノクターント長調」「スケルツォ第三番嬰ハ短調」「マズルカ嬰ハ短調、ロ長調、変イ長調」等を作曲した。

サンドのほうはマヨルカでの体験をもとにして、一八四一年に『マヨルカの冬』という紀行文を発表することになるであろう。

その後一八四六年までの毎年、一年のうち何か月かをサンド一家とともにノアンで過ごすのがショパンの習慣となり、この年月は彼とサンドのどちらにとっても実り多い期間となった。サンドのいちばん長い小説『コンスエロ』とその続編『ルドルシュタット伯爵夫人』*15が書かれたのもこのころである。

ポーリーヌ＝ヴィアルドと『コンスエロ』

影響を与えた女友だち

「オーケストラの最初の和音がコンスエロを呼び出すと、彼女はゆっくりと身をおこした。マンティラは肩に落ち、そばの階上席の、不安でじりじりしている聴衆の前にやっとその顔が現れた。しかし、疲労と恐れのためにさっきまであれほど青ざめ、ぐったりし、うろたえていたその若い娘になんという奇跡的な変化がおこったのだろう！　広い額は天上の流体の中に浮かび、晴れやかで毅然とした顔の優しく高貴な輪郭にはまだかすかなけだるさがただよっているようだった。静かなまなざしは、ありふれた成功を探し求めるいかなる卑小な情熱をも表してはいなかった。彼女には、敬い感動せずにはいられないようななにかおごそかで、神秘的で深遠なものがあった……。

彼女がそのたぐいまれなる声、たからかに純粋で圧倒的な声を円天井に響かせると、神の火がその頬をそめ、聖なる炎が大きな黒い目に燃えあがった。そんな声は高い知性が広い心と結びついた時にのみ発せられるのだ。」

これは『コンスエロ』の第一〇章、女主人公コンスエロが初めて聴衆の前で歌う場面である。ここで、『コンスエロ』と『ルドルシュタット伯爵夫人』のあらすじを見てみよう。

『コンスエロ』

一八世紀半ばのヴェネチアで、大作曲家ニコラ＝ポルポラに見いだされ、その弟子となったコンスエロがオペラ界に華々しくデビューする。彼女はプリマドンナのコリラの嫉妬《しっと》や劇場のパトロンであるツスティニアニ伯爵の誘惑をうまくかわすが、幼なじみのいいなずけ、テノール歌手のアンゾレトとの恋にやぶれヴェネチアを去る。

舞台にたつコンスエロ。ドビエフル画

恩師ポルポラの養女となったコンスエロは、ボヘミアのルドルシュタット伯爵の館リーゼンブルクに招かれて、伯爵の息子アルベールの婚約者アメリーの音楽教師となる。アルベールはその極端に情深い性格と超能力（千里眼）のために、まわりの人々から理解されずに孤立し、狂人扱いされていた。彼は前世の記憶を持っており、それによれば前世の彼は神聖ローマ皇帝軍およびローマ・

カトリック教の勢力と戦ったボヘミアのフス派タボル教徒の長ジャン゠ジスカだったのである。彼はコンスエロを愛するようになるが、彼女はリーゼンブルクを去ってポルポラのいるウィーンにむかう。その途中、彼女は少年ハイドンと出会い、ふたりはウィーンまでいっしょに旅することになる。

彼女はウィーンでポルポラに再会する。しかし、マリア゠テレジア女帝の君臨するこの都になじめないふたりは、啓蒙《けいもう》君主として名高いフリードリヒ大王の国プロイセンのベルリンに行くことにする。ところが、旅の途中で、コンスエロはボヘミアのアルベールが重病であることを知る。愛するコンスエロを待ちわびていたアルベールは、リーゼンブルクに戻ったコンスエロと結婚式をあげた直後に息をひきとってしまう。今やルドルシュタット伯爵夫人となったコンスエロは、再びベルリンをめざして旅だつのであった。

『ルドルシュタット伯爵夫人』

アルベールの死から一年後のことである。フリードリヒ大王に気に入られたコンスエロはベルリンのイタリアオペラのプリマドンナになっていた。しかし、王妹アメリーらの王にたいする陰謀事件にまきこまれた彼女は、スパンダウの牢獄《ろうごく》に幽閉される。それでも彼女は牢の中で音楽の習練を続ける。やがて、謎《なぞ》の団体「見えざる者たち」が彼女をそこから助け出す。

スパンダウ脱出後のコンスエロは、ドイツのどこかにある「見えざる者たち」の根拠地にかくまわれる。やがて、彼女は、この団体が専制を倒し、自由、平等、博愛の社会を作ることを目的とした秘密結社であることを知る。「見えざる者たち」のひとり、マスクで顔をおおってけっして口をきかない騎士リヴェラニをコンスエロは愛するようになるが、死んだはずのアルベールがじつは生きていて、この団体の一員となっていることを知らされる。彼女は自ら願い出て奇怪な試験を受け、彼らの仲間に迎え入れられる。この時初めて、リヴェラニとアルベールが同一人物であったことがわかり、ふたりは仲間たちの祝福を受けてもう一度結婚する。

そののち数年のあいだコンスエロは歌手として活動を続けながら夫とともに「見えざる者たち」の理想のために働くが、やがて、迫害によって団体は解散し、ふたりは貧窮の生活を送らねばならなくなる。しかし、彼らはその数人の子どもたちとともに流浪の音楽家として、愛しあい支えあって生きていく。ヨーロッパではまもなくフランス革命が始まろうとしていた。

この小説の主人公コンスエロは美女ではない。ところが、彼女が歌いだすやいなや人々はその不器量さを忘れ、この世に彼女以上に美しい人はないと思い始める。これは、コンスエロのうちからほとばしりでる天才の力である。

このたぐいまれなるプリマドンナにはモデルがあった。それは、当時たいへん有名だったオペラ歌手で、サンドとは死ぬまで固い友情で結ばれていたポーリーヌ＝ヴィアルドである。マリー＝ドルヴァルとともに、ポーリーヌはサンドにもっとも大きな影響を与えた女友だちであると言えるであろう。

ポーリーヌ＝ガルシア、のちのポーリーヌ＝ヴィアルドは一八二一年パリに生まれている。両親はスペイン人で、父はジプシーの血をひく、当時スペイン一と言われたテノール歌手であった。ポーリーヌには兄と姉があり、一三歳年上の姉はのちにマリア＝マリブランという名で音楽史に残るオペラ歌手となった。

幼いころからガルシア兄妹は、きびしい父から徹底した英才教育をほどこされる。ソルフェージュ、ピアノ、作曲はもちろん、美的感覚をとぎすませるためのデッサンの勉強、優雅な身ごなしを覚えるための乗馬等、オペラ歌手に必要なあらゆることを身につけさせられたのであった。

また、ポーリーヌは若いころのリストにピアノを習っていた。ハンサムな天才ピアニストにスペインの少女は夢中になったのだが、これはもちろん一方通行の初恋であった。それはともかく、ポーリーヌがピアノに抜きんでた才能を示したため、まわりの人々は美貌《びぼう》の姉マリアをオペラ歌手に、ポーリーヌをコンサート・ピアニストにしようと考えていた。

ところで、父ガルシアには一種の放浪癖があり、一家を連れてイギリス、アメリカ、メキシコ等を巡業した。各地で彼らは大喝采《だいかっさい》を

歌姫ポーリーヌ＝ヴィアルド

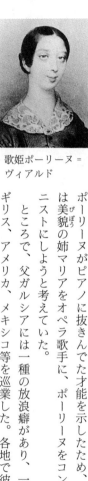

浴びた。しかしながら、やがて、長女マリアは父に反抗してマリブランという男性と駆け落ちし、パリでマリア＝マリブランとして華々しく活躍する。このような、愛する父と姉の反目にポーリーヌは心を痛めるのであった。

一八三二年に父が病死、三六年に姉が二八歳の若さで急死してしまうと、母やまわりの人々のたっての願いでポーリーヌはオペラ歌手としてデビューすることになる。美貌の姉とは対照的に、彼女は無器量であった。真っ黒な髪、厚いまぶた、大きな口。舞台に彼女が登場すると、マリア＝マリブランのような美女を期待していた観客はたいてい失望してしまう。だが、ポーリーヌが歌いだすと、その完璧なテクニックと豊かな声が人々を圧倒しとりこにしてしまうのであった。サンドと別れたあとのミュッセは、一時このスペイン人の若い歌手に夢中になり結婚を申し込んだが、彼女はすげなくこれを断っている。

ポーリーヌをめぐる人々

さて、サンドは一八三九年にポーリーヌにめぐり会った。サンド三五歳、ポーリーヌ一八歳であった。初めて会った時から、サンドはこの歌姫に魅せられた。ポールルーやリストとの交流によって育まれていた「芸術家の使命」という考え、すなわち来たるべき理想社会への導きて、あるいは新しい宗教の司祭としての芸術家という彼女の夢をこの若い女性は体現しているように思われたからである。

マリー＝ドルヴァルとの場合と同様に、サンドのポーリーヌにたいする感情を、同性愛の情熱だったのではないかと推測する人々もいる。それはともかく、やがてサンドはふたりの共通の友人であり、またポーリーヌにふかく恋していたルイ＝ヴィアルドと彼女を結びつけることになる。ルイは、ルルー、サンドとともに『ルヴュ・アンデパンダント』の創刊者、オデオン座の支配人、翻訳家、ジャーナリストでもあった。

こうしてポーリーヌ＝ガルシアは結婚してポーリーヌ＝ヴィアルドとなり、サンドとショパンはヴィアルド夫妻と親しくつきあうようになる。彼らは何度かノアンに滞在し、ポーリーヌはショパンと連弾をしたり、オペラのアリア、スペインやイタリアの民謡を歌ってきかせたりしてまわりの人々を魅惑したのであった。

一八四二年、サンドは『ルヴュ・アンデパンダント』に新しい小説を連載しはじめる。その第一回目が出た時ヴィアルド夫妻はスペインにいた。ポーリーヌはすぐ主人公コンスエロに自分の姿を認めて、感激に満ちた手紙をサンドに書いている。

『コンスエロ』は大好評をはくし、物語はヴェネチアからボヘミア、ウィーンへと進展していく。作曲家マイヤーベーアやリストはこの作品に感動してオペラ化を考えたといわれるが、結局実現しなかった（なお、フランスでは一九七九年に『コンスエロ』『ルドルシュタット伯爵夫人』がラジオドラマ化されて五〇回にわたって放送されたが、これは一八世紀のオペラや民族音楽をふんだんに取り入れた華麗な音楽ドラマとして好評であった）。

『コンスエロ』のあともサンドとポーリーヌの結びつきは生涯続く。ポーリーヌはオペラ歌手としてヨーロッパ各地を巡業し、ロシアに行った時にツルゲーネフとめぐり会う。そして、彼はポーリーヌを追ってフランスにやってくる。このロシアの文豪の運命を大きく変えた大恋愛の相手は彼女だったのである。

サンドの息子モーリスもこの歌姫に恋してしまう。これは、サンドとショパンの関係にも微妙な影を落とすことになる。年ごろになったサンドの子どもたちは、やがて彼女とショパンのあいだに大きな溝を作ってしまうであろう。

子どもたち

息子モーリスとポーリーヌの恋　一八四二年九月、サンド一家とショパンはノアンでヴィアルド一家を待ちわびていた。九月一二日、スペイン公演を終えたポーリーヌ、夫ルイ、長女ルイーズの一行がやっとノアンに到着した。翌一三日はソランジュの一四回めの誕生日でもあった。その夜は、サンドの細かい心配りで準備されたごちそうがりっぱな食器に盛られた大宴会で、食事のあとはダンスになった。一九歳のモーリスは二一歳のポーリーヌと続けざまに踊った。彼は偉大な歌姫に夢中になっていた。

それからの数日間は、ノアンの館の人々にとって長いあいだ忘れられないものとなるすばらしい日々であった。しばらく前から音楽の泉が枯れてしまったような気がしていたショパンは、ポーリーヌの訪れとともに霊感を取り戻したようであった。彼のピアノに合わせてポーリーヌが歌い、またふたりはポルポラやグルックといった一八世紀の大音楽家たちをともに蘇らせるのであった。

熱愛された息子モーリス＝デュドヴァン＝サンド

サンドは心から満足してこのふたりの音楽家の共演を楽しんでいた。だが、彼女の息子の胸の内は穏やかではなかった。

　モーリスは一八四〇年からドラクロワに弟子入りして絵の勉強をしていたが、プロの画家になるには天分が欠けていた。サンドから熱愛されていたにもかかわらず、成長するにつれて彼は母の恋人ショパンにたいして嫉妬《しっと》の情を覚えるようになっていた。それとは反対に、妹のソランジュはショパンになついていた。

　モーリスはポーリーヌへの恋心とショパンにたいする嫉妬をそれから何年ものあいだ持ち続けることになった。ポーリーヌのほうも、この未熟ではあるが一途《いちず》な青年の想いにいつまでも気づかぬふりをするのは不可能であった。夫のルイも、うすうすそのことに気づいていたようである。そして、四四年九月、ポーリーヌとモーリスはお互いの愛を確かめあったらしい。彼女からサンドにあてて「彼を真剣に愛してしまいました」と告白する短い手紙が残されているからである。だが、この恋は長続きしなかったようだ。ポーリーヌは歌手としてヨーロッパじゅうを回っており、パリとノアンを行き来して暮らす若いモーリスには彼女を自分だけのものにするようないかなる手段も能力も、そしてたぶんそれだけの情熱も持ち合わせていなかったのであろう。

ところで、サンドは一八四六年に母方の親戚《しんせき》にあたるオーギュスティーヌ＝ブローという二二歳の娘をひきとって世話をすることになった。オーギュスティーヌはやさしく気だての良い娘であったが、彼女を歌手にするか金持ちの男に売りつけようと企む両親のもとでつらい生活を送っていたのをサンドが見かねて救いの手をさしのべたのであった。オーギュスティーヌはすぐにサンドのお気に入りとなり、モーリスも彼女にひかれるようになった。この様子を見たサンドは、ゆくゆくはこのふたりが結婚するかもしれないと期待したようである。

娘の反抗と家族の不和　こんな家庭の雰囲気を苦々しく思うようになったのは当時一七歳のソランジュであった。ここで少し彼女のおいたちをふりかえってみなくてはならないであろう。

物心ついた時から、有名人である母の恋人たちや友人たちからちやほやされて甘やかされ、同時に、母が兄モーリスを偏愛するのを見て育ったソランジュは、成長するにつれて美しいけれど非常に片意地で反抗的な性格をあらわにするようになった。サンドは娘のこの性向をなんとか直そうと、ソランジュの学ぶ寄宿学校の校長にいろいろな教育的配慮を頼んだり、娘あての手紙でやさしくあるいはきびしく忠告したり説きつけたりしている。だが、こういった努力はほとんど実を結ばなかったようである。ソランジュは高慢で意地が悪く、自己中心的な女性になっていく。彼女の最大の欠点そして最大の不幸は、あらゆる人の中に長所よりもまず短所を発見する性向と、自分のまわりの人々にたいするほとんど理由のない、たえざる嫉妬心であったようだ。

ただ、彼女はショパンとは仲が良かった。彼はサンドの子どもたちが小さいころからふたりに好かれようといろいろ努力し、幼いソランジュにピアノを教えたりしていたのである。また、成長するとともにどんどんきれいになっていく、この個性的な少女に魅せられてもいたのであろう。少年期を過ぎたモーリスがショパンをうとましく感じるのと反比例するようにソランジュとショパンは親密になっていく。

オーギュスティーヌがサンドやモーリスにちやほやされるのを見るのはソランジュにとっておもしろくないことであった。彼女はオーギュスティーヌにいじわるな態度を取る。すると、それを知ったモーリスが怒って妹を責める。そうなるとソランジュはショパンに泣きつく……。サンドの家は彼女、モーリス、オーギュスティーヌと、ソランジュ、ショパンの二組にわかれてしまった。

家庭内の緊張した空気はどんどんエスカレートしていき、ついにその秋に破局を迎えることになる。モーリスがオーギュスティーヌを愛人にしたという噂《うわさ》がたち、そのことでショパンとモーリスのあいだで口論がおこったのであった。しばらく前から家庭内のごたごたでは息子の側につくようになっていたサンドはモーリスの肩を持った。その時ショパンは自分がノアンではよそ者になってしまったことを感じた。一一月一一日、彼はノアンを去り、二度とその館に戻ってくることはなかった。

ショパンとの決定的な別離

さて、ソランジュは四七年一月に、実直ないなか貴族のフェルナン＝ド＝プローという青年と婚約した。ところが、まもなくパリでジャン＝バティスト＝クレザンジェという彫刻家と知り合い、彼に夢中になってしまう。彼はサンドとその娘に巧みにとりいって、四月にはノアンに現れ、ソランジュに情熱的に結婚を申し込む。足もとをさらわれるようにソランジュはそれを承諾し、五月にはノアンで結婚式があげられた。

だが、この結婚はサンド一家に大きな不和の種をまくことになる。実は、クレザンジェは以前からかなりの借金をかかえこんでいたのだが、結婚までそれを隠していたのである。新婚夫婦は七月にノアンにやってきた。そのおり、金銭的なことやオーギュスティーヌのことがもとになってモーリスとクレザンジェの間にけんかが起こり、とめにはいったサンドに婿《むこ》が手をあげる騒ぎになった。サンドは娘夫婦をノアンから追い出してしまう。

前年の秋以来ショパンはパリにいたのだが、ソランジュの婚約と結婚、その後のトラブルは彼の耳にもはいっていた。ノアンを追い出されたソランジュは彼に窮状を訴え、彼女に同情した音楽家はサンドと娘のあいだをとりなそうとした。だが、サンドのほうはショパンが敵側についてしまったと怒る。ショパンの弟子マリー＝ド＝ロジエールにあてた彼女の手紙が残っている。

娘ソランジュ。
クレザンジェ作

「とうとう今朝の便でショパンの手紙を受け取りました。いつものように自分の愚かな心にだまされていたことがわかりました。あの人の健康のことで悩んで一週間も寝ないで過ごしたのに、彼はクレザンジェ夫妻といっしょに私の悪口を言ったり考えたりしていたんです。じつにけっこうなことですわ。彼の手紙はおかしな自尊心からのものですし、この『一家の良き父』のお説教は私には良い教訓になることでしょう……。

モーリスにたいしてふりあげた金槌をもぎとったので私をぶったクレザンジェ氏とショパンが行き来し、その考えに同意しているのを見るとすばらしいとしかいいようがありません。皆が私のもっとも忠実で献身的な味方だと思っているショパンが、です！　たいしたことですわ！　人生は苦い皮肉です。人を愛したり信じたりするようなばかなまねをした者は、私がまもなく自分がそうなることを願っているように、不吉な笑いや絶望のすすりなきで生涯を終えなければならないのですわ……。」

こうして、九年間続いたサンドとショパンの関係に最終的な幕切れが訪れたのであった。

ショパンの最期

四七年はサンドにとって悪夢のような年になっていた。モーリスとオーギュスティーヌのあいだは結婚にいたることはなかったが、彼女はサンドのはからいで画家テオドール＝ルソーと婚約した。すべてがうまくいくように見えたのもつかの間で、オーギュスティーヌとモーリスの関係についての悪意にみちた匿名の手紙がこの婚約をこわしてしまった（彼女は四八年四月に亡命ポーランド人のシャルル＝ド＝ベルトルディという美術教師と結ばれることになる）。ルソーと彼女の破談にいたるいきさつにはクレザンジェ夫妻が一枚かんでいたのではないかと推測されている。いずれにしても、サンドの家庭生活はたいへんな危機に陥っていた。この影響であろうか、四七年の夏から冬にかけて彼女はあちこちを患っている。

このような家庭内のごたごたで気落ちしていたサンドをふるいたたせることになったのは、翌年二月に勃発《ぼっぱつ》し、全ヨーロッパの歴史の流れを変えることになったパリの二月革命である。

革命の知らせにノアンからパリにかけつけたサンドは、三月初めぐうぜん友人宅でショパンと顔を合わせた。ショパンは彼女にむかってソランジュが数日前に女の子を出産したことを礼儀正しくよそよそしい口調で伝えた。これがふたりの最後の出会いであった。

ショパンはその後イギリスに渡るが、以前から患っていた肺結核が悪化し、四九年一〇月パリで息をひきとることになる。ソランジュは彼の最期をみとった人たちのひとりであった。一〇月三〇日にパリで行われたショパンの葬儀にはサンドの姿はなかった。

二月革命

二月革命とサンド

フランスのみならず一九世紀ヨーロッパの歴史を考える時、一八四八年にパリで始まった二月革命はきわめて重要な意味を持っている。一七八九年のフランス大革命と一八三〇年の七月革命の精神の継承であるこの民衆による革命は、あっという間にドイツ、東欧、イタリアなどに飛び火して、各地で自由と平等を求める運動が起こることとなったのであった。

二月革命勃発の背景には一八四五年以来のフランス経済の不況があった。当時はルイ＝フィリップの七月王政の時代であったが、政府は不況にたいしてなんら有効な対策を講じることができず、失業・倒産がふえつづけていた。政治家と大資本家の癒着《ゆちゃく》にかんするスキャンダルが次々と起こり、政治の腐敗は誰の目にも明らかであり、政府を攻撃する自由主義者や社会主義者たちの活動が活発になっていた。

四八年二月二二日、共和主義者たちがパリで全国集会を開こうとした。政府は二月一日に禁止令を出していたが、人々はこれを無視して集まり、デモ行進をはじめた。翌日になるとデモに参加する民衆はさらにふえた。夜になって、理由ははっきりしないが、警備にあたっていた軍隊がとつぜん人々に発砲し、五〇人ほどの死者がでた。このため、二四日の朝にはパリ市民は反政府側につき、あちこちにバリケードが築かれ、武器が集められた。まもなく、市民らは市庁舎を占拠し、王のいるチュイルリー宮殿に進みはじめた。事ここに至って王は退位する決心を固め、イギリスに亡命することとなる。いっぽう、ブルボン宮にある議会に武装した市民たちが侵入して、「共和国万歳」と叫んだ。これに力を得た共和派の議員たちは臨時政府の成立を宣言した。二五日には共和制の樹立が認められて、大革命以来二度めの共和政治が始まったのである。

前年六月からサンドはずっとノアンにいた。モーリスが二月一日からパリに出ていたので、首都の不穏な空気のことを耳にした彼女は一八日に、彼に早く帰ってくるようにと手紙を書いている。この時点で彼女はまだ革命がすぐに起きるとは考えておらず、モーリスがあぶない所に近よらないことだけを願っていたのである。だが、息子はなかなか戻ってこず、パリでは革命の勃発とともに事態は急速に進展して、二五日には共和国樹立のニュースが伝わった。

三月一日にパリに出てくるやいなや、サンドは革命の熱気にみちた首都で今なにが起きているのかを悟る。ミシェルやラムネやルルーの教えのもとに彼女が長年夢見てきた自由・平等・博愛の理想的な社会となるはずの共和国が誕生したところなのだ。臨時政府の首班はロマン派の詩人として有名なラマルティーヌであった。サンドの友人で社会主義者のルイ＝ブランも閣僚になっていた。彼女は生まれたばかりで基盤のもろいこの臨時政府のために積極的な宣伝活動を開始し、三月七日には『人民への手紙』[*16]と題するパンフレットを配付する。これは二月二二日以来の偉大な事業をなしとげた民衆にたいする賞賛と、将来に不安をいだいているブルジョア階級とのあいだに協調を見出し、できたばかりの共和国を確固としたものにするために階級対立を避けなくてはならない、という彼らにたいする呼びかけであった。

臨時政府は最初から多くの問題をかかえていた。政府の実権は有産階級出身の共和主義者が握っていたのだが、革命を成功させた直接の功労者はパリの社会主義労働者たちであった。そんなわけで政府は労働者たちの要求により、内閣にルイ＝ブランとマルタン＝アルベールというふたりの社会主義者を入れた。このふたりと他の閣僚たちはすぐに対立することになった。

サンドに押された危険分子の烙印《らくいん》

ところで、政府は二一歳以上の男子の普通選挙による憲法制定議会の招集をおこなうことを発表し、言論・結社の自由も認めたが、二月革命後の状況はめまぐるしく変化する。混乱した財政を建て直すため政府は新税の導入をはかった。しかし、これは都市の有産階級のみならず地方の農民たちからも強い反発を受けることになる。

三月八日、サンドはノアンに戻った。すぐさま彼女は『中産階級への一言』[*17]を書いて、民衆と富裕な階級との中間に位置する中産階級にたいして、民衆の立場に立って良識ある行動をとるように呼びかけた。だが、いなかでの彼女の活動はパリでのようにはいかない。農民たちは自分たちの利害に直接関係のあるものにしか目をむけず、裕福な人々は共和国に恐れの念をだいていた。そこで、サンドは農民たちを啓蒙《けいもう》するために『ブレーズ＝ボナンの口述によるフランス史』[*18]と題するパンフレットを印刷させる。彼女はブレーズ＝ボナンという架空の農夫の口を借りて、わかりやすい言葉で一七八九年の大革命から現在までの歴史を物語り、きたるべき普通選挙では自分たちの真の代表者に投票するよう訴えている。

三月一二日、ノアンの村が共和制を宣言して、モーリスが村長に選ばれる。その後彼女は再びパリに出て、臨時政府発行の『共和国公報』[*19]に執筆を続ける。これは政府が労働者や農民にむけて隔日で発行していた文書である。ここでサンドは、臨時政府がおこなわざるをえない増税についての理解を人々に求め、また農民と労働者に連帯して普通選挙にのぞむよう訴えている。

さて、『共和国公報』第一二号（四月六日付）でサンドは女性問題をとりあげた。彼女は言う。人民階級は今まで無知と貧困の状態におかれてきたが、とりわけ民衆の女性たちは苦しんできた。女性がおかれている悲惨な状況を改善するためには、まず、彼女たちが自分の立場を自覚し、夫や兄弟や息子たちに自らの苦悩を訴えて、彼らを味方にしなければならないとサンドは主張する。公報はフランス全土にはりだされ、この呼びかけは大きな反響をまきおこした。そんなおり、当時のフランスにたくさん生まれていた女性解放をめざし女性の参政権を要求する急進女性グループが、今回の普通選挙の候補者にサンドを立てようと提案した。もし彼女の立候補が政府によって拒まれるなら、女性の立候補を拒否する法的根拠が明らかにされなければならないはずである……。しかし、かんじんのサンドはこのような女性の参政権要求運動にたいしては冷淡であり、選挙への立候補をきっぱりと拒否している。自分を候補者に指名しようとした女性たちにあてて書かれ、結局投《とう》函《かん》されなかった長い手紙が残されているが、その中で彼女は結婚における男女の不平等の是正、母親の権利の確立、女性が教育を受ける権利を勝ち取ることを当面の目標とし、女性の政治参加にはまだ機が熟していないという意味のことを書いている。

　サンドのこのような態度を見て、彼女は結局フェミニストではなかったと結論する人々は多い。また、サンドは自分が他の女性たちとは違った特別な人間だと思っていたので、彼女らとはなんの連帯感も持てなかったのだろうと推測する人もいる。若いころの彼女の男装や、女性としては例外的な彼女の名声を考えると、この意見もまた的を得ているかもしれない。だが、四八年当時のフランスの状況を見ると、女性の選挙権要求はほとんど成功する可能性はなかったのであり、彼女が母親の権利や結婚のような民法上の問題から女性の地位向上をめざしたのは、身近なところから少しずつ着実に未来の解放にむけて歩もうとする現実的戦略であったと解釈することもできるのである。

さて、共和国の未来の見通しはけっして明るいものではなかった。革命反対派や保守派のまきかえしが起ころうとしていた。『共和国公報』一六号（四月一五日付）でサンドは、今度の選挙で民衆がだまされ、一階級のみの利益が代表されるような結果が出た場合にはもういちどクーデターを起こして真に民衆の意志を代表する政府を作るべきだと呼びかけた。彼女はこれで危険分子の烙印《らくいん》を押されてしまうことになった。

四月二三日に選挙がおこなわれ、結果は彼女が予想したとおり保守派の大勝であった。そして五月一五日、民衆デモがルイ＝ブランらに指導されて国民議会を襲撃。だが、国民軍によって事態は鎮圧され、クーデターの首謀者や関係者たちが逮捕されはじめる。サンドは自分も捕まるかもしれないと覚悟を決めたが、二日たっても彼女のもとに逮捕状はこなかった。

労働者たちの敗北

五月一八日、心身ともに疲れはてた彼女はノアンに帰ってきた。だが、まわりの人々のサンドやモーリスを見る目はきびしかった。もともと保守的な農村では、サンドの社会主義共和国の理念も非常にうさんくさいものと見られていたのであった。そして、失意の彼女に追い打ちをかけるようなニュースが届く。パリの六月事件である。

二月革命直後、臨時政府はパリに国立作業場を作った。これは町にあふれている失業者を集めて土木事業に従事させて日給を払い、仕事がない日でも、登録された労働者には一定の手当てを支給するというものであったが、時とともに、国庫の大きな負担になってきていた。ついに、政府は六月二一日に国立作業場を閉鎖し、二五歳未満の労働者は軍隊に入れられ、その他は地方の土木事業に送られることになった。もちろんパリの労働者たちは怒り、反政府闘争がはじまった。四日間の激しい戦闘のすえ、ついに労働者たちは鎮圧された。この戦いによる死者は数千人、逮捕された者も一万人以上あり、首謀者は死刑や流刑となった。こうして、サンドらが描いた理想の共和国の夢は完全に消え去ってしまったのであった。

注

＊1——原題＝Essai sur l'indifférence en matière religieuse. 一八一七〜二三年刊。
＊2——原題＝L'Avenir.
＊3——原題＝Paroles d'un croyant.
＊4——原題＝Lettres à Marcie.
＊5——原題＝Spiridion.
＊6——原題＝Encyclopédie nouvelle.
＊7——独立派の雑誌。原題＝Revue indépendante.

＊8——原題＝Lettres d'un voyageur.

＊9——一八三九年刊。邦訳は、市原豊太郎訳・創元社・一九六〇年刊。

＊10——パリの音楽新聞と雑誌。原題＝Revue et gazette musicale de Paris.

＊11——原題＝Compagnon du tour de France.

＊12——『ネリダ Nélida』一八四六年刊。『自由論 Essai sur la liberté』一八四七年刊。

＊13——原題＝Histoire de la révolution de 1848.

＊14——原題＝Vie privée de George Sand. 一九四九年刊。

＊15——原題＝Comtesse de Rudolstadt. 一八四三〜四四年刊。

＊16——原題＝Première lettre au peuple.

＊17——原題＝Un mot à la classe moyenne.

＊18——原題＝Histoire de France écrite sous la dictée de Blaise Bonnin.

＊19——原題＝Bulletin de la République.

Ⅳ　ノアンの奥方

田園小説

田園四部作

一八四八年五月、革命の夢が破れ重い心をだいてノアンに帰ってきたサンドは翌年五月までそこを離れることはなかった。この間彼女は何をしていたのだろうか。日本ではのちに『愛の妖精』という題名で翻訳されることになる田園小説の傑作『プチット・ファデット（Petite Fadette　小さなファデット）』を書いていたのである。

『愛の妖精』の舞台は、ノアンを思わせるベリー地方の小村コッス。村の裕福な農民バルボーの家に生まれたかわいいふたごの兄弟シルヴィネとランドリーの子ども時代から青年時代までが描かれている。弟ランドリーは、頭はいいが不器量で村の嫌われ者の少女ファデットとふとしたことで親しくなり、彼女の本当のやさしさを知って愛するようになる。ファデットは、恋人ランドリーの愛と忠告のおかげで、だんだん美しい娘になっていく。そんなふうに弟の心を奪ったファデットに嫉《しっ》妬《と》していたシルヴィネもいつのまにか彼女にひかれていく。彼はいさぎよく恋心をおさえて村を出、ナポレオン軍の兵士となって出世する。

この作品はまず穏健共和派の日刊紙『ル・クレディ』誌に連載されておおいに好評をはくし、一八四九年に単行本として出版された。そののち、五一年に書き改めた「はしがき」でサンドは次のように述べている。

「人々が誤解しあい憎みあって世の不幸が生じているような時代においては、芸術家の使命は、やさしさや信頼や友情をほめたたえて、清らかな風習や、やさしい感情や、昔ながらの公正さなどが、まだこの世のものである、あるいはありえるということを、心がすさんだり勇気をなくしたりしている人々に思い出させてやることです。現在の不幸に直接言及することや、醱酵しつつある激情に呼びかけたりすることはけっして救いにいたる道ではないのです。むしろ、ひとつのやさしい歌、ひなびた鳥笛の音、小さな子どもたちをおびえも苦しみもなく眠りにつかせるひとつの物語のほうが、フィクションの色づけによっていっそう強烈で陰鬱になった、現実の不幸を描くよりもいいのです。」

ここには当時の作者の心境が非常にはっきり現れている。この小説を単なる現実からの逃避、あるいは田園を舞台にしたみずみずしくて甘い恋物語とのみ考えるのは不適当であろう。

それではここでサンドの田園小説を詳しく見てみよう。一般に彼女の田園四部作と呼ばれるのは一八四六年の『魔の沼』、四七年から四八年にかけて発表された『棄子《すてご》のフランソワ』、四八年の

『愛の妖精』、そして五三年の『笛師のむれ』である。しかし、それ以前にも、四四年に発表された『ジャンヌ』[*1]のように、クルーズ地方の小村の貧農の娘を主人公にした小説もあった。ただこの作品の場合は、物語の後半で女主人公が町に出て貴族の館で働くことになるため、純粋な意味での田園小説と言うことはできない。

『魔の沼』

田園四部作の最初の作品『魔の沼』は四五年秋に執筆され、翌年『フランス通信』[*2]紙に連載された。

二年前に妻と死別し、七歳の男の子ピエールをかしらに三人の子持ちの農夫ジェルマン（二八歳）は、亡き妻の両親のすすめに従って、遠くの村の富裕なやもめに求婚しにいくことになった。ちょうどそのころ、年老いた母とふたり暮らしの貧しい娘マリー（一六歳）は、よその村で羊番の仕事をみつけ、村を離れようとしていた。

ふたりの目指す方向が同じなのでジェルマンがマリーを馬に乗せて連れていくことになった。途中、小さなピエールが現れて彼らといっしょに行くことになる。ところが、三人は森の中で道に迷い、日が暮れてしまう。魔の沼と呼ばれている沼のほとりは霧が深く、かなり進んだと思っても結局同じ場所に戻ってくるので、とうとう一行は沼のほとりで野宿することになった。

それでは、このあとを少し読んでみよう。

「子どもは娘のスカートの上にひざまずいて、小さな手をあわせて祈りを唱え出した。初めの方はよく知っているので、熱心にはっきりと唱えた。それから少したつとゆっくり、ところどころつかえながら。やがてマリーに一言ずつ言ってもらってそれを繰り返すようになった。毎晩おしまいのほうはねむけがさしてきて覚えられないのである。今夜も、一心に心をこめるのと、自分で唱える言葉の調子が単調なのがいつもの効果を生んで、マリーに三度ぐらい繰り返してもらってやっとのことで最後の言葉を唱えた。子どもの頭はだんだん重くなってマリーの胸の上にかたむいた。組み合わせた手はゆるんで、ほどけてとうとう膝のうえにおちてしまった。たき火に照らされ、若い娘の胸にもたれたまま眠っている小さな彼の天使を、ジェルマンはじっと見ていた。マリーは子どもを両手に抱き、子どもの金色の髪を清らかな息で暖めながら、自分もまた信心深い夢みごこちになってカトリーヌ（ジェルマンの死んだ妻）の魂のために心の中で祈りを続けた。

ジェルマンは心を動かされた。マリーにたいする尊敬の気持ち、感謝の気持ち、これを何とかして言い表したかったのだが、その思いを表す言葉がみつからなかった。そこで、マリーのそばへ寄って、彼女がいつまでも抱き締めている我が子にキスをしたが、ピエールのひたいにおしつけたくちびるをなかなか離せなかった。

『そんなに強くキスしちゃだめですよ』とマリーはジェルマンの頭をそっとおしのけながら言った。『目を覚ましてしまいますよ。天国の夢を見てるんだから、私がまた寝かせてやりましょう』

子どもはおとなしく寝かせてもらった。だが、荷鞍についているヤギの皮の上にからだをのばしながら、ふとグリース（馬の名）の上にいるのかとたずねた。それから大きな青い目をぱっちりあけて、しばらく木の枝を見つめていたが、それは目をあけたまま夢を見ているか、あるいは、昼間のうちに心の中にはいりこんで、今眠りにつく前に形をあらわしたひとつの考えに打たれたかのようだった。『父さん、おれにもうひとり母さんをくれるんなら、マリーさんがいいなあ』と言った。

そして、子どもは返事も待たずに目を閉じて眠りこんでしまった。」

このあとジェルマンは生まれて初めて次々に浮かんでくるさまざまな混乱した考えに悩まされることとなった。それまでほんの子どもとしか見ていなかったマリーが、働き者できれいなやさしく好ましい女性に見えてくる。彼の世界がまったく変わってしまったのだ。ジェルマンはマリーに結婚してほしいともちかけるが、彼女は自分たちの境遇や年齢の違いを理由に彼を思いとどまらせる。

翌朝になって一行はやっと森から出ることができた。マリーは新しい雇い主に会いに行き、ジェルマンは見合いの相手の家を訪問する。だが、相手の女性はみえっぱりで鼻もちならない人物だったので、彼は求婚せずに村に帰ることにした。いっぽう、マリーのほうも新しい雇い主が女好きの中年男で、彼女を誘惑しようとして雇ったことに気づき、やはり母のいる村に戻ることになった。

こうして三人は村に帰って来て元どおりの生活を始めるが、ジェルマンはマリーをあきらめることができない。やがて、ひとりで悩んでいる彼をみかねた姑《しゅうとめ》の忠告に従って、彼はもう一度マリーに求婚し、今度はマリーも承諾する。彼女も、あの魔の沼のほとりの一夜以来彼にひかれていたのだった。

『ジョルジュ＝サンドからラミュズまでの田園小説、傾向と変遷』*3という本を書いたポール＝ヴェルノワは、サンドの田園小説が成功した理由としてふたつの点をあげている。ひとつは、登場人物たちの恋のめばえやその進展や心の葛藤と、物語の背景を非常にうまく結びつけて、田園の自然が主人公たちに自分たちの心の秘密を打ち明けさせるようになっている点。ふたつめは、副次的な人物、特に老人たちがいきいきと巧みにスケッチされている点である。

『魔の沼』の場合も、霧に閉ざされた魔の沼の夜が、妻の死以来ジェルマンの心の中に眠っていた愛情を目覚めさせ、それを彼に自覚させる。また、ジェルマンの舅《しゅうと》と姑、物語の最初と最後にだけ顔を出すこのふたりやマリーの老母、これらの老人たちの存在感が、田園の恋物語に現実的な厚みを与えているのも確かであろう。

『棄子のフランソワ』

それでは『棄子のフランソワ』はどうであろうか。そのあらすじは次のようなものである。

ある日、コルムエ村の粉ひきの若い女房マドレーヌは、捨て子でほとんどだれにもかえりみられない小さな男の子フランソワと知り合う。その時から、彼女はなにくれとなくその子のめんどうを見てやることになった。やがて、ふたりは実の母子以上に強い心のきずなで結ばれる。だが、フランソワが一七歳になったころ、マドレーヌの乱暴で放蕩者《ほうとうもの》の夫のせいで、少年は村を出て遠くに働き口を探さなければならなくなる。そして、三年後マドレーヌの夫が死に、彼女も病にたおれたことを知ったフランソワは彼女のもとにかけつけ、破産寸前になっていた水車小屋をたてなおし、幼いころから彼のすべてであったマドレーヌを妻にする。

この小説にはさまざまな解釈が可能であろう。まず、田園を背景に、人々に見捨てられたあわれな少年がマドレーヌという育ての母の愛情によって、少しずつ無知から抜け出して自分自身を発見していき、最終的には愛する人を危地から救い出すことのできる一人前の男になるまでの物語、という読み方。ここには、たとえば『モープラ』と共通するような愛による教育のテーマがある。

別の見方をすれば、愛する母親と結婚する息子の物語ともとれる。フロイドの理論以前にエディプスコンプレックスを扱った作品であり、その上作者は女性であるから解釈はいっそう複雑なことになるかもしれない。それはともかく、『棄子のフランソワ』の物語は、あと一歩おしすすめると近親相関の領域に入り込むようなところがあり、今世紀になってからはこの角度から論じられることも多い。

『笛師のむれ』さし絵。笛師頭と若者たち

『笛師のむれ』

田園小説の最後の作品『笛師のむれ』は四部作の中でいちばん長く、筋もかなりこみいったものとなっている。

ノアン村の少年ティエネとジョゼ、そしてティエネのいとこの少女ブリュレットは幼なじみの仲良しであった。思春期にはいったティエネはブリュレットに恋するようになり、ジョゼは、ブルボネ地方からやってきたラバひきの青年ユリエルのおかげで、自分に音楽の才能があることに気づく。ユリエルは、自分の父である笛師頭のもとに行って笛を習うようにとジョゼをさそう。

一八か月後、ブルボネの森でユリエル一家と暮らしていたジョゼが病気になり、ティエネとブリュレットは彼のもとにかけつける。ジョゼは、ティエネの妹、きれいでしっかり者のテランスに看病されていた。やがて、ユリエルはブリュレットと結婚し、ティエネはテランスを妻にする。

いっぽうジョゼは、強引に笛師の「組合」に入会して笛師となり、ユリエルの父とともに流しの笛師として気ままな生活を送っていたが、数か月後によその土地でそこの笛師たちといさかいをおこして殺されてしまう。

　『笛師のむれ』のジョゼは、村の嫌われ者ファデットや捨て子のフランソワと同様、人々に認められず誤解される存在である。仲間たちは彼のことを陰気でおもしろくないやつとみなしていたが、実は彼の中には美にたいする人並み以上の感受性があったのだ。ジョゼは、音楽と出会うことによって自分の存在理由を発見し、自分の内にある「美」を表現するすべを学んでいったのであった。彼は物語の終わりでみじめな死に方をするが、これは他の三作品と大きく違う点である。ここには「芸術家」「天才」のテーマが顔を出しており、作者の文学的関心が農民の生活を描くことからまた別のものに移っていこうとしているのを見ることができよう。

　以上のような田園四部作は、サンドの膨大な作品中で一般的にいちばん読まれ、コンスタントな人気を保つことになるのである。

マンソーとの一五年

ノアンの館にやってきた若き彫版家

二月革命の挫折によって大きな幻滅を味わったサンドはしばらくのあいだノアンを離れず、また今まで以上に家族や友人たちとの団欒《だんらん》を大切にするようになった。そして、モーリスが中心となる演劇や操り人形（マリオネット）芝居の制作と上演が一家の大きな楽しみとなった。自分たちで人形や衣装を作り、台本を書いて練習し、近隣の人々を招いて上演するのである。ノアンの館には小さな劇場まで作られた。

モーリスはノアンに自分と同じ年ごろの男たちを連れてきた。彼らは入れかわりたちかわりやってきて館に滞在していく。一八五〇年一月、三三歳の才能ある彫版家アレクサンドル＝マンソーはそんな友人たちのひとりとしてやってきた。

ほっそりした体格の穏和で親切な彼はすぐにサンドに気に入られ、秘書のような仕事から人形芝居の上演にまできわめて有能であることを示した。マンソーはサンドを熱烈に崇拝し、それは彼女

ノアンの館のマリオネット

にも伝わってふたりは肉体的にも強いきずなで結ばれることになった。一八五〇年四月末、友人で出版業者のエッツェルにあててサンドは次のように書いている。

「あの人はあらゆることに気を配ってくれます。私にコップ一杯の水を持ってきてくれる時も、私のタバコに火をつけてくれる時も、彼は全注意をそれにそそぎこんでいます。彼が私をいらいらさせることはけっしてありません……。あの人は女性のような気配り、それも身軽で活動的で器用な女性のように世話をしてくれます。私が病気の時でも、彼が私のために枕を整え、スリッパを持ってきてくれるのを見るだけでなおってしまいます。今まで他人に看病を頼んだこともしてもらったこともない私が、彼の看病を必要としているのです。まるで生まれつきこんなふうに大事にされてきたかのように。とにかく、私は彼を愛しています。心の底から愛しているのです。」

マンソーは、サンドの原稿の清書や出版社との交渉、ノアンの地所の管理まで万事うまくこなして多忙な彼女の大きな支えとなっていく。

ところで、サンドが新婚のクレザンジェ夫妻と仲たがいしたあと、一八四八年二月に夫妻の間に女の子が生まれたが、その子はすぐに死んでしまった。四九年五月に次女ジャンヌ＝ガブリエル＝クレザンジェ（ニニと呼ばれる）が生まれた。そして、五一年一月ソランジュがこの小さな娘を連れて数年ぶりにノアンにやってきた。昔デュパン＝ド＝フランクイユ夫人が幼いオーロールに魅せられたように、サンドはすぐにこの孫娘に夢中になった。ニニは反発しあう祖母と母の接点となったのだ。

ルイ＝ナポレオンのクーデター

ここで当時のフランス社会はどういう状況になっていたのかを見てみよう。六月事件のあとも都市には不穏な空気がただよっていた。また、反乱の鎮圧に多額の金を使ったために政府の財政は逼迫《ひっぱく》していた。四八年一一月には共和国新憲法が成立して三権分立の原則が確認されており、二一歳以上の男子の普通選挙による一院制の議会が立法権を、別に国民投票で選ばれる任期四年の大統領が行政権を持っていた。

四八年十二月におこなわれた選挙でフランスの初代大統領に選ばれたのは、かのナポレオン皇帝のおいにあたるルイ＝ナポレオン＝ボナパルトであった。スイスで育ち、七月王政転覆の陰謀に失敗して投獄されたが、その後イギリスに亡命していた野心家の彼は、フランスの栄光を全ヨーロッパに知らしめた「ナポレオン」という名の魔術を借りて、現政府に不満を持つあらゆる階層の支持をとりつけ、圧倒的多数の票を集めて当選したのであった。おりしも、当時の政府は次々と反動的色彩の濃い政策を打ち出していた。議会はぶどう税を課し、カトリック教会に初等・中等教育の指導権をあたえ、普通選挙を廃止する。大統領ルイ＝ナポレオンはこのような議会に反対し、民衆の味方であるというポーズをとって着々と人々の支持を集めていた。

サンドとルイ＝ナポレオンは三八年ごろにあるサロンで出会ったことがあった。のちに陰謀のかどで獄中にあった彼とサンドは手紙のやりとりもしている。

さて五一年一一月、自作の劇『ヴィクトリーヌの結婚』[*4]の初演のために、サンドはパリに出てきていた。そして、一二月二日、ルイ・ナポレオンのクーデターが起こったのである。彼女はすぐさま首都を去ってノアンに帰った。一二月六日、サンドはオーギュスティーヌに次のように書き送っている。

「心配しないでちょうだい。四日夜、銃撃戦の中をパリから出てきました。きのうの朝からソランジュ、彼女の娘、モーリス、ランベールやマンソーといっしょにこちらにいます。まったく予想もできなかったできごとの真っ最中ですが、このあたりはたいへん平穏です。今回のことは、うまくいっていた私の劇の上演をだめにしてしまいます。かまうものですか！　この世ではこんなに多くの人たちが苦しんでいるのですから、自分のことだけにかかずらっているわけにはいかないんです。」

クーデターは、大統領がナポレオン一世のアウステルリッツ戦勝記念日に起こしたものであった。

彼の支配下にある軍隊が議会を占領して解散させ、大統領の任期が一〇年に延長された。そして彼はただちにクーデターの可否を国民投票にかけ、七四〇万対六四万という圧倒的な大差で承認された。翌五二年一月ルイ゠ナポレオンは新憲法を発布し、大統領の独裁権を事実上確立した。

まもなく彼のやりかたに反対した者への迫害が始まった。大勢の人々が不当に逮捕されて裁判もないままに投獄され、流刑になった。ルルーやルイ゠ブランは亡命してしまった。サンドも逮捕されるという噂《うわさ》があったが、彼女は自分から大統領に面会を申し入れた。

ルイ゠ナポレオンに会った彼女は、彼の名のもとにおこなわれている不正を告発し、同時に正当な理由がないまま拘禁されている何人かの友人の釈放を願い出た。かねてからサンドを尊敬していた大統領は彼女の願いを受け入れた。同じようにして、その後のサンドは友人や不幸な境遇にいる人々の赦免《しゃめん》を得るために長いあいだ奔走することになった。このことは昔の同志の目には彼女が転向したようにうつって、はげしく非難されたりしたが、彼女のおかげで流刑をまぬがれたり釈放された人々の数も少なくないのである。救いを求めているだれかのためにパリで役所から役所へとかけまわったあと、疲れ切ってノアンに戻ると、サンドはいなかののどかな空気とともに忠実なマンソーのゆきとどいた心配りを見出すのであった。

恋人にして腹心の秘書アレクサンドル＝マンソー

掲載紙の発行停止事件

五二年一一月、大統領は国民投票をおこない、再びフランス国民の圧倒的支持を得て、ナポレオン三世として帝位についた。第二帝政のはじまりである。サンドはもはや政治には昔のような期待を持つことはできなくなっていた。

　五三年六月から七月にかけて『ル・コンスティテューショネル』[*5]誌に『笛師のむれ』が連載された。そしてサンドは翌年十月から五五年八月まで『ラ・プレス』紙に『我が生涯の物語』を発表した。

　ところで、しばらく前からソランジュの結婚は破局にむかっていた。たびたびのけんかのあと、彼女と夫のあいだでついに別居訴訟がもちあがった。オーロールとカジミール＝デュドヴァン夫妻の確執の再現である。小さなニニは祖母と母の手からとりあげられて寄宿寮に入れられ、そしてそこで、五五年一月、しょうこう熱のためにあっけなく死んでしまった。

　孫娘の死がサンドに与えた衝撃ははかりしれないものであった。うちひしがれた彼女をみかねたモーリスとマンソーは、イタリア旅行を計画して彼女をノアンから連れ出した。彼らはマルセイユを経て、ジェノヴァ、そしてローマへとおもむいたが、ローマの町は彼女の気に入らなかった。

物乞《ものごい》やどろぼうが多く、腐敗した政府を持つ大都市、このローマの印象は強く彼女の脳裏に焼きついてしまい、これは一八五七年に発表された長編小説『ラ・ダニエラ』[*6]に反映されることとなった。この小説の中で作者は主人公のフランス青年の恋を物語るとともに、当時のイタリアの政治・文化やピウス九世の教皇庁にたいするかなりあからさまな批判を展開した。そのため、『ラ・ダニエラ』の連載が始まると新聞にはこの小説への非難と、サンドや彼女の味方たちの反論が現れ、また小説の掲載紙『ラ・プレス』が短い期間ながら発行停止処分を受ける騒ぎとなったのである。

マンソーの死

さて、五六年三月サンドはマンソーとともにフォンテーヌブローを訪れた。ミュッセとの思い出の場所である。この森の中で彼女とマンソーは昆虫学にとりつかれてしまった。ふたりは以後ひんぱんに昆虫網をもって蝶《ちょう》を追いかけることとなる。この情熱はその後、植物学、鉱物学、地質学へとひろがっていく。ふたりはノアン近辺でもさかんに蝶や植物を探しまわった。五七年六月、こんな散策のおりにガルジレスという小さな村のこぢんまりした家を見つけた。ふたりはここがたいへん気にいり、マンソーはひっきりなしに人の出入りがあるノアンの館を離れて水いらずの生活と創作活動ができるようにと、この家を買うことにした。ふたりはしげしげとここにやってきて、サンドはいくつかの作品をガルジレスの別荘で書きあげている。

六〇年に彼女は重いチフスにかかるが、さいわい命をとりとめることができたのもマンソーの献身的な看護のおかげであった。サンドは彼とともに、それまでの恋人たちとは味わったことのない落ち着いた幸福をしみじみとかみしめていた。

やがて六二年にサンドの古くからの友人でイタリア人の彫版家ルイジ＝カラマッタの娘リーナとモーリスが結婚し、ほどなく男の子が生まれ、ノアンの館は以前にもましてにぎやかになる。だが、モーリスは母親に影のように寄り添うマンソーをうとましく思うようになっていた。やがてふたりの関係は急速に悪化してしまう。そして同じころからマンソーの健康状態も悪くなっていく。彼もショパンのように結核に冒されていたのである。せきと喀血《かっけつ》がひんぱんにおこるようになった。

六四年初め、サンドとマンソーはパリに出て住む所を探しはじめる。そして近郊のパレゾーという所に小さな家を見つけ、マンソーはすぐにそれを買った。六月、ふたりはノアンを去ってパレゾーで暮らしはじめる。だが、この水いらずの幸福も長くは続かない。サンドのけんめいの世話にもかかわらず、マンソーの容体は悪化し、ついに六五年八月、彼はパレゾーで愛する人にみとられながら四八年の生涯を終えたのであった。悲嘆に暮れるサンドはそののちしばらくパレゾーにとどまっていたが、やがて息子夫婦のいるノアンに帰っていく。モーリスの長男は前年七月、一歳になった直後に死んでしまったが、リーナは再びみごもっていた。

劇　作

サンドの戯曲

サンドとマンソーがノアンを去ってパレゾーに住居を定める直前、一八六四年二月末パリのオデオン座でサンド作『秘められた情熱』（原題訳は『ヴィルメール侯爵』で、六一年に発表した同名の小説をサンド自身が劇化したもの）が初演された。この日の劇場には学生を中心とする大勢の人々が開演前からつめかけていた。というのも、その前年にサンドが発表した『ラ・カンティニ嬢』[*7]が大胆なカトリック教批判によって物議を醸し、作者は保守階層から激しく攻撃されると同時に、もっと進歩的な階層、特に学生たちから熱烈に支持されるようになっていたからである。

『秘められた情熱』は大好評をはくし、四九年の『棄子のフランソワ』と並んで彼女の劇作中興行的にもっとも成功した作品となった。初演にやってきた群衆はたいへんな数で、中に入れなかった人々は公演のあと作者が出てくると、サンド万歳を叫びつつ彼女の住居までついてくる。彼らにとってこの五九歳の女性は当時の反カトリック的自由思想の象徴であった。

ではここでサンドのおもな劇作とその上演の経過をたどってみることにしよう。

映画やテレビがまだなかった時代に舞台劇やオペラがどれほど人々（王族から下層階級まで）を夢中にさせたかを想像するのは現代の我々にとってかなり困難なことであるが、一九世紀における舞台の魅力とその影響力は二〇世紀のそれの比ではなかったと思われる。

サンドは若いころから演劇が好きであり、サンドーとパリで気ままな生活を送っているころからしげしげと劇場に通っていた。大スターのマリー＝ドルヴァルとの交友もこのころにめばえたのであった。サンドはドルヴァル以外にも、やはり当時たいへん有名な俳優であったボカージュと親密であり、彼らのおかげで演劇の世界についてかなり詳しく知っていた。

作家としての名声が確立するとともにサンドは舞台への進出を考えるようになっていた。彼女は『詩人アルドー』（三三年刊）、『リラの七弦』『ガブリエル』（ともに三九年、単行本は四〇年に出版）を発表したが、これらの戯曲は実際に上演されるにはいたらなかった。『ガブリエル』のあと、三九年夏に彼女は『コジマ』を書いた。[*8] これがサンドの演劇界へのデビュー作となる。

この戯曲はルネサンス期のイタリアを舞台に、富裕でやさしい夫をもちながらも、貞淑な妻としての役割のみを期待される不毛な生活に耐えがたい思いをしている女性コジマを主人公にしている。

彼女は誘惑者オルドニオに心をまどわされるが、やがて彼の下劣さに気づく。しかし、時すでに遅く、コジマは夫とオルドニオの決闘をふせぐために自らの命を絶つ、という話である。

この劇はマリー＝ドルヴァル主演で四〇年四月にコメディー・フランセーズで初演されたが、わずか七回で公演は打ち切りとなった。一説によれば、作家サンドのそれまでの作品（特に女性や姦通の問題をとりあげたもの）をこころよく思わない人々が、公演初日にやじったりひやかしたりとかなり騒ぎたてて俳優たちを萎縮《いしゅく》させたことが上演失敗の大きな原因であった。サンドは翌日友人あての手紙で次のように語っている。

「私はとても冷静で、陽気でさえあったのよ。作者ががっくりと動揺して震えていたに違いないなんて言ってもまったく見当違いなの。私はそんなことちっとも感じなかったし、このできごとがすごく滑稽に見えたのよ。悲しかったのは、粗野なふるまいや、趣味というもののひどい堕落を見てしまったということなの。」

『コジマ』の不成功はその後しばらくのあいだサンドを舞台から遠ざけることになったが、彼女の演劇にたいする興味は消え去ったわけではなかった。

四八年の二月革命はサンドに理想社会到来の夢をいだかせた。彼女は新共和国の未来をになう人民に大きな期待を寄せて『王様は待っている』[*9]を書きあげた。この一幕芝居は四月六日、共和国劇場でコルネイユの『オラス』[*10]やモリエールの『気で病む男』[*11]の前に上演される。サンドの作品は一七世紀の大喜劇作家モリエールを中心人物としたファンタスティックな、自由と平等と人民の讃歌であった。その夜は貧しい人々も見ることができるようにと入場料は無料であり、この催しはかなりの好評をはくしたが、革命の挫折とともに、サンドの『王様は待っている』も忘れ去られる運命であった。

しかし、彼女は民衆のための民衆の芝居という理想を捨てることができなかった。小説『愛の妖精』の成功で元気を取り戻した彼女は、オデオン座の支配人に抜擢されたボカージュと協力して『棄子のフランソワ』の上演計画を立てはじめる。彼女はまずこの小説を舞台劇に書き直し、音楽（ベリー地方の民謡）を決め、それから、登場人物用の衣装や舞台装置などもボカージュに見本を送って細かい指示を与えた。このように、当時は戯曲の作者自身が舞台監督、演出家、デザイナーを兼ねることはめずらしくなかったのである。

サンド劇のリアリズム

四九年一一月『棄子のフランソワ』はオデオン座で初演された。これはサンド自身も予想しなかったほどの大成功をおさめ、翌年四月まで一四〇回も上演されることとなった。『棄子のフランソワ』はこののち約半世紀のあいだたびたび再演されることになる。

この劇の成功の原因は、まず、そこで使われた言葉の新しさにあった。作者はベリー地方の農民の方言を会話の中にふんだんにとりいれている。次に、舞台装置や衣装の本物らしさ、そのリアリズムが人々に注目された。ロマン派演劇時代の、たとえば異国的で空想的な背景、きらびやかな衣装等とは対照的に、現実の農民たちの生活からそのまま持ってきたような道具類や衣装は当時としては非常に斬新な試みだったのである。

『棄子のフランソワ』の成功に勇気づけられたサンドは、やはり田園を背景に農民たちを主人公にした『クローディ』[*12]を五一年一月にポルト・サン・マルタン座で上演させた。

オデオン座での『棄子のフランソワ』第１幕。1849〜50年上演

町の男に誘惑されて私生児を産んだ娘クローディとその年老いた祖父、彼女に恋する実直な若い農夫やその両親らの人間模様を描いたこの作品は、『棄子のフランソワ』ほどではないにしろ、なかなか好評であり、サンドの劇作家として地位も確立したように思われた。彼女は同じ五一年に『モリエール』[*13]『ヴィクトリーヌの結婚』を次々に発表する。だが、モリエールと彼をとりまく人間たちを描いた『モリエール』はさんざんな不評、『ヴィクトリーヌの結婚』の上演も、折悪《おりあ》しくルイ＝ナポレオンのクーデターと重なったため、サンドが期待したような興行成績はあげら

れなかった。彼女は演劇界で生計を立てることの不安定さときびしさをしみじみ思い知ったのである。

それでも、彼女は劇作の筆を休めることなく書き続け、その作品中パリの劇場で上演されたものは五二年と五三年にそれぞれ二作ずつ、五四年、五五年それぞれ一作ずつ、五六年三作、そのあとは五九年、六二年、六四年、六六年、七〇年にそれぞれ一作ずつ、そして七二年にテアトル・ド・クリュニーで上演された『情けは人のためならず』[*14]が最後のものとなっている。

これらの中には五三年一一月にオデオン座で初演された『モープラ』もある。これは、もちろんサンドの三七年の小説を劇化したものであった。だが、小説の新鮮な迫力と比べると劇のほうはかなりメロドラマ的で長すぎる（アレクサンドル＝デュマによれば、上演は朝の一時一五分まで続いたそうである）と言われ、評判はあまり良くなかった。そのため、翌年一月、二か月の公演のあとで打ち切りになってしまった（ところで、この劇とは別に、『モープラ』は二〇世紀にはいってから映画やテレビドラマになっている）。

さて、六四年の『秘められた情熱』の成功は劇作家としてのサンドの存在を人々に強烈に印象づけたのではあったが、マンソー亡きあと彼女は劇作にあまりエネルギーをそそぎこまなくなった。というのも、それまでは彼女が新作を書くたびに、ノアンの館の中に作った小さな劇場で、サンド一家、使用人、隣人、客人たちからなるアマチュア劇団がそれを上演し、その過程でさまざまな手直しをするのがつねであり、そのさいには実際的ですべてにおいて器用なマンソーがおおいに彼女を助けていたのであった。彼の死後、サンド一家はモーリスを中心とする人形劇のほうに今まで以上に熱中するようになったのである。

二〇世紀末の現在、サンドの劇作はほとんど完全に忘れ去られてしまっている。それらが話題にのぼることはまずないと言っていいであろう。だが、一八四〇年から七二年までの間に二五の劇（彼女の作品を他人が劇化したものも含む）を上演させたサンドは、同時代人たちにとってはやはり重要な劇作家であった。他の作家たちにさきがけて彼女がせりふ、舞台装置などにベリーの農民たちの言葉や生活をかなり忠実にとりいれたことや、「私生児の母」といったスキャンダラスな主題をいちはやく舞台でとりあげたことなどは、当時のフランス演劇界に大きなインパクトを与えたのであった。

フロベールとの友情

晩年のサンドを支えたフロベールとの交流　マンソーを失ってからの一一年をサンドの晩年とみなすことができるかもしれない。だが、この言葉のもたらす暗い連想とはうらはらに、彼女の最後の一一年も家族や仕事や友人たちをめぐるさまざまなできごと、それにたいする彼女の旺盛な好奇心とエネルギーにあふれたものであった。

この時期のサンドが親密に交際した友人たちの中でもっとも有名なのは『ボヴァリー夫人』の作者、一八二一年生まれのギュスターヴ＝フロベールであろう。

五七年に『ボヴァリー夫人』が出ると、フロベールはさっそく大作家サンド夫人に献呈している。ふたりが初めて会ったのはそのあとすぐ、四月三〇日のオデオン座の公演のおりであったようだ。その後ふたりは何度か顔を合わせる機会があった。しかし、彼らが急速に親しくなったのは六四年二月の『秘められた情熱』初演の夜である。

この劇は観客たちを熱狂と興奮の渦にまきこんだ。桟敷席にいたサンドは、すぐそばのフロベールが「まるで女のように」感激の涙にむせんでいるのを見て非常に心を打たれたのであった。これ以後ふたりはひんぱんに顔を合わせ、親しく手紙のやりとりをするようになる。彼らはお互いのパリのアパートを訪問しあったり、文学者仲間の集まるレストランで会食したりする。こんな時はたいてい真夜中過ぎまで話がはずむのであった。

フロベールはルーアンの近く、クロワッセにある館に住んでいた。彼はサンドをそこに招待し、六六年八月、彼女はフロベール宅を訪ねることになった。ルーアンの駅におりたったサンドはフロベールを見つける。ふたりは町を見物したあとクロワッセに向かう。屋敷ではフロベールの母と、彼の姪《めい》カロリーヌ＝コマンヴィル夫人がサンドの到着を待っていた。

クロワッセでの家庭的な、ゆきとどいたもてなしはサンドを喜ばせた。昼はセーヌ河に浮かぶ船に乗り、夕食後は婦人たちとカード遊び、それからフロベールと遅くまで文学についての議論をたたかわせたのであった。

八月末のこの短い訪問のあと、一一月にサンドは再びクロワッセを訪れる。今回もルーアンの町を見物したり、屋敷の周辺を散策したりしたあと、夜は遅くまで語り合うという毎日であった。一一月一〇日にサンドが発ったあとすぐフロベールは彼女にあてて次のように書き送っている。

「あなたが出発なさってから私はまるでネジがはずれたようになってしまいました。もう一〇年

フロベール。ナダールの写真

もお会いしてないような気がします。母との唯一の話題はあなたのことです。こちらの者はみんなあなたが好きなのです。どんな星座のもとに生まれたために、あなたというひとりの人間の中にあれほど多くの異なった、しかもまれにみる美点が結びついているのでしょうか。自分があなたにどういう種類の感情を抱いているのかわかりません。でも今までだれにも抱いたことのない特別なやさしい気持ちを私は感じています。」

このふたりの文学者、年齢（フロベールはサンドより一七歳年下）も性格もかなり違うふたりの関係をどう考えたらよいのだろうか。彼らの友人たちの中には、ゴンクール兄弟のように、ふたりのあいだに恋愛感情をかぎつけようとした人々もいた。だが、サンドがフロベールにあてて六七年一月に書いた手紙の中で、彼女はふたりの関係を次のように言い表している。

彼女は、年をとると若いころとは物事や愛情というものについての考え方が違ってくるのだと言う。力にあふれた若いころ、人は確固とした大地を探し求めるように、確固とした人物を探す。自分自身が堅固であると感じているので、自分を支えたり導いたりしてくれる人も堅固でなくてはならないと思うからだ。しかし、年をとって自分が弱くなっていくのを感じる者は、人や事物を、それらが自分の運命に何をもたらすかではなく、人や事物のあるがまま、つまり、それらが自分の魂の目に映るとおりの姿によって愛するようになる。それゆえ、愛する対象が自分と接触することによって変化をこうむることもないし、また、相手の中で自分が愛しているのはじつは自分自身の投影であったなどということもおきないのだ、と。

このように、サンドとフロベールは人生の荒波に耐えたあとの穏やかで尊敬にみちた友情で結ばれていたのであったが、文学というものにたいするふたりの姿勢はまったく対照的であった。たとえば、サンドにとって文学作品はそれを作る人間以上に価値あるものではなかったが、フロベールにとっては作品がすべてであった。

フロベールに示したサンドの思いやり

執筆中に心の平安が乱されるのを嫌い、クロワッセにこもっていることの多いフロベールは、サンドが何度ノアンに招待しても断り続けていた。だが、六九年一二月二三日、ついに彼がクリスマスをサンド一家と過ごすためにやってくることになった。

彼は夕方六時半に着いて大歓迎を受ける。夕食。そのあとのおしゃべり。午前一時に就寝。翌二四日、サンドは一一時に起き出してみんなと昼食をとる。フロベールが彼女の幼い孫娘ふたり（モーリスとリーナのあいだにできた娘たち）にクリスマスプレゼントのきれいな人形を贈る。サンド、フロベール、そしてサンド一家の友人プロシュは午後じゅう彼女の仕事部屋で語り合う。

夕食の時間になるとサンドの姪（異母兄イッポリトの娘）の息子たちと数人の友人たちがやってくる。食事のあとは人形芝居の上演。そのあとはリーナが歌を披露する。

クリスマスの朝は全員遅くまでベッドにいて正午に昼食。三時から六時半までフロベールが自作劇を朗読。

二六日にはノアンの庭園や農場を散策。みんながギュスターヴという名の雄羊をフロベールに見せる。モーリスは人形芝居を上演。その夜もみんなが部屋にひきとったのは午前二時であった。

二七日はフロベールのノアン滞在最後の日。一二時に昼食。孫娘のひとり、小さなオーロールがダンスを披露すると、女装したフロベールがプロシュとともにスペイン舞踊を見せる。そのあまりの滑稽《こっけい》さにみんなが笑いころげる一幕もあった。

翌朝フロベールは馬車でノアンをあとにして、列車に乗るためシャトールーへ向かう。ノアンで過ごしたこのクリスマスのことをふたりはのちのちまでなつかしく思い出すこととなった。

サンドとフロベールの文通はとぎれることなく続く。

七〇年四月、フロベールが昔からの親しい友を失って悲嘆に暮れており、また金銭的なことで彼が困っているのを知ったサンドは、すぐさまミシェル＝レヴィ（フロベールの本の出版人）に手紙を書く。

「いくらかの借金を払わなければならないのに、お金の融通を頼む決心がつかないとフロベールが手紙に書いてきました。あなたは彼の良い友人であり、また、困っている人には前払いをけっして断らない方なのに、なぜ頼めないのか私にはわかりません。あなた方の間にどういう取り決めがあるのか私は存じません。でも、フロベールは自分のほうから言い出せないでいるので、危地を脱するお金をあなたのほうが彼に手渡すかあるいは送ってくだされば、本当に助かるのです。あの人は今とても陰鬱になっています。ブイエ（フロベールの親友、前年に死去）のあと、第二のブイエとも言うべき友人をなくしたのです。そのうえ彼は健康を害していて、彼の手紙は悲しいものです。経済状況の好転は彼が元気を取り戻すのに大きな助けとなると私は信じています……。私の手紙のことをフロベールには言わないでください。そして、あなた御自身からの提案であるかのように彼にもちかけてください。」

サンドはこのようにさりげなく彼のために尽力するのであった。

七三年四月一二日、フロベールは再びノアンを訪れる。サンド一家の前で、今回彼は自作の『聖アントワヌの誘惑』[*15]を読んできかせる。サンド、モーリス夫妻、子どもたち、友人たちとのにぎやかな日々。一六日になるとパリからツルゲーネフがやってくる。真夜中まで続くおしゃべり、ダンス、詩の朗読、散歩……。そして一九日、ふたりの客人はノアンとそこの家族の笑い声、動物たちや花々をあとにしたのであった。

七五年になるとフロベールが娘のように愛する姪一家が破産の危機に陥ってしまった。クロワッセの屋敷は、七二年に他界した彼の母の遺言によって姪カロリーヌの名義になっており、急を救うためには屋敷を売らなければならなくなりそうだった。俗悪な世間の騒音から離れて創作に打ち込むことのできる唯一の場所クロワッセを手放さなければならないかもしれないとサンドに知らせるフロベールは意気そそうしていた。

すぐにサンドは彼に手紙を書いた。その中で、もしフロベールたちがクロワッセを売らなければならないなら、そしてそれがサンドの買うことのできる額であれば、あなたがそこにずっと住めるように私がクロワッセを買いとりましょうと提案している。この真心にあふれた手紙はフロベールに感動の涙を流させたのであった。

幸いにも、フロベールたちはその年クロワッセを手放さずにすんだ。

五〇代の作品

本章ではサンドが五〇代に書いた作品をいくつかとりあげてみよう。まず、一八五七年の『緑の貴婦人たち』[*16]。この小説はサンドの作品の中では凡作の部類にはいるものではあるが、この時期の作者の好みやそれまでの作品との作風の違いをかなりよく示しているように思われるので、少し詳しくながめてみることにしたい。

『緑の貴婦人たち』

この小説の主人公は、高名な弁護士である父親の後を継ぐことになっている若者である。彼は本当は文学にひかれていて、依頼人の意向に左右される弁護士としての生活よりも、もっと自分の気質にあった夢想的な生活を心ひそかに望んでいる、という設定になっている。物語は主人公の回想という形で進行し、彼は一七八八年五月のある日、父親の代理として訴訟に関する打ち合わせのために、アンジェとソーミュールの間にあるヨニス伯爵邸に向かう。

館での第一夜に主人公は伯爵家に伝わる三人の「緑の貴婦人たち」の話を聞かされ、真夜中にその幽霊（緑色のドレスを着た三人の女性の影）を見る。それは主人公をひどく驚かせるが、初めの恐怖が去ったあと、彼は啓蒙《けいもう》主義の子らしくさまざまな理由をつけて合理化しようとする。だが、二日後に起こる緑の貴婦人の二回めの出現は最初のものとはまったく違ってくる。

深夜ひとりで館の中を歩き回っていた彼は、海の妖精ネレイデスをかたどった美しい彫刻のある噴水のそばにやってくる。すると、月光を浴びた彫刻がとつぜんふたつに分裂して、その影が美しい姿のまま彼のほうに降りてくるのである。幽霊は、彼女の一族の末裔《まつえい》であるヨニス家の訴訟について主人公に語りかける。だが、その美しさに陶酔状態となり、そのそばに行くことしかもう考えられなくなってしまった主人公は、永遠の生や死後の世界について逆に彼女に問いかける。そこで幽霊は、彼がこの世で彼女にふさわしい者となった時にもう一度彼女を見ることができるであろうと告げて消え去ってしまう。その時のことを主人公はこう語る。

「私はあのすばらしい美女を見て、その声を聞いたのだ。私には行くことができないが、そこから私のほうに降りてくることはできる、そんな領域に彼女は存在していたのだった。」

こうして、主人公はこの物質世界のかなたにある超自然的ななにものかの存在を確信し、生者と死者の交流の可能性を信ずることとなったのであり、このことは彼の生活と考え方を根本から変えてしまうことになるのである。

超自然的な美をかいま見たことによって、一挙にこの世のかなたにある理想の存在を悟り、それを追い求めるようになるというのは、若いころサンドが愛読したホフマンの作品、たとえば『カロ風幻想作品集』中の『黄金の壺』[*17]などがその典型であるが、『緑の貴婦人たち』においても美しい幽霊に出会ったことは主人公を普通の人々とは違った人間、ある種の「狂気」にとりつかれた人間にしてしまう。彼は絶望と紙一重のストイックな生活を送りつつ詩を書いていく。弁護士としての務めを果たしながらも、自分が本質的には詩人であると信じていたのだ。

やがて主人公は、訴訟のことで知り合った青年ベルナールと付き合いはじめる。ふたりは親友となり、ベルナールは未亡人となった幼なじみのヨニス伯爵夫人への愛を、主人公は緑の貴婦人や彼女が自分に与えた運命的な変化を語り、自作の詩を読んで聞かせたりする。ベルナールの感化で、主人公は緑の貴婦人にたいする憧れはそのまま持ち続けながらも、ヨニス邸で起こったふしぎなできごとはすべて自分のたくましい想像力が作りあげたものであった、と次第に確信するようになる。

七か月後、再びヨニス邸を訪れた主人公は、前回美しい幻を見た噴水のもとでベルナールの妹フェリシーに出会う。非常に驚いたことに、彼女は緑の貴婦人にそっくりだったのだ。たちまち彼女にひかれた主人公は、フェリシーに求婚する。そして、自分が見た緑の貴婦人はヨニス夫人が計画したいたずらで、フェリシーその人が幽霊役を演じたのだということに気づく。彼女のほうもあの夜以来彼にひかれていたのだ。こうして、互いの愛を確認しあったふたりは結婚する。

『緑の貴婦人たち』のこの結末は、一種の肩すかしあるいははぐらかしの印象を免れえない。特に、主人公がいかにして緑の貴婦人とフェリシーが同一人物であると確信するにいたったかという経過が全部省かれているため、最後のほうの主人公とフェリシーの会話の部分でいきなり彼がそれを言い出すと、それまでだんだん盛り上げられてきたファンタスティックな雰囲気が一挙に崩れてしまい、まったくありきたりなロマンティックコメディになってしまっている。だが、ここではそのような構成上の問題点のことはいちおう棚上げにしておいて、物語の最後でそれまでのすべての超自然現象（二回にわたる幽霊の出現や、そのあとで緑の貴婦人が主人公に与えた指輪の消失と再出現など）に合理的な種あかしがなされているという点に注目したい。サンドの昔の作品『スピリディオン』と『コンスエロ』を思い出してみよう。

テーマの変容

アレクシは、スピリディオンの幽霊に導かれて数々の宗教的遍歴をくりかえしたあと、人生の最後に継続的進歩の思想にたどりつく（これは当時サンドが心酔していたルルーの思想にほかならない）。ついに真理を得た彼は幽霊の存在などの超自然現象を否定して、それらを自分の興奮した想像力の産物だったとする。だが、この小説ではフランス兵の銃剣によって彼が息たえた時、そのかたわらにスピリディオンの幽霊が現れ、そこで物語が終わっているのである。

また『コンスエロ』においても、ボヘミアの城で起きるさまざまな超自然現象には最終的に合理的な説明がなされているが、アルベールの超能力（千里眼）に関することは謎のままである。そして、このアルベールの超能力は彼の「狂気」と密接な関係があり、その「狂気」はルルーの思想にしっかり結びつけられている。

このように、これらの二作品における超自然現象はルルーの思想と深くかかわっている。その理由はいろいろ考えられるが、彼の継続的進歩の思想にもとづく転生説は、やはりファンタスティックな物語に結びつけやすかったのであろう。

ルルーの思想的影響を強く受けたサンドであったが、四八年の二月革命の前あたりから、じょじょに彼から離れてひとり歩きするようになっていた。そして、二月革命の挫折は彼女の作品にも多かれ少なかれ影を落としたのである。では、『緑の貴婦人たち』にも以前のようなルルーの思想の痕跡《こんせき》が見られるであろうか。

緑の貴婦人（実はフェリシー）は「死は存在しない。なにものも死にはしないのです」と言う。また、ヨニス夫人は主人公に「私と同じように、あなたは魂の不滅性というものを信じていらっしゃいます。私たちの魂と、物質から解放された魂とのあいだの絶対的な境界、それはそんなに明らかなものなのでしょうか」と問いかける。これはまさに『スピリディオン』や『コンスエロ』のボヘミアにおける物語でサンドが取り扱ったテーマそのものである。だが、『緑の貴婦人たち』の中で作者はヨニス夫人に翌日自分のその言葉を否定させ、また超自然的な緑の貴婦人はこの世に戻ってきた美しい死者ではなく、生身のフェリシーであったことにしてしまうのである。

以上のように、この小説においてルルーの転生説は、ファンタスティックな背景のもとに一瞬その片鱗《へんりん》がうかがえるのみである。

さて、主人公とフェリシーが結婚してまもなくフランス革命が起こり、社会全体が大きく変わることとなる。ヨニス家の財産も散逸し、フェリシーにそっくりなネレイデスの彫刻も革命のころに農民たちによって壊され、主人公はその頭部と腕のみを買い取ることができた。これらすべての激動のさなかにあって唯一変わらないのは、妻とともに生きる主人公の「家庭の幸福」だというのがこの小説の結末である。

『緑の貴婦人たち』では最終的にすべての超自然現象が否定されてはいるけれど、それらがひきおこした愛の魔術はこの世の流転のただなかにあって変わることなく続いている。また、緑の貴婦人は物質世界のかなたにある永遠の理想の象徴であるとも解釈できるであろうが、小説の結末は（二月革命以前にルルーの影響下にあったサンドが社会レベル・人類レベルでの実現を夢見ていたのとは対照的に）個人生活のレベルにおけるこの理想と現実の融合を示しているのではなかろうか。

『秘められた情熱』と『ラ・カンティニ嬢』　一八六〇年になると、サンドは『秘められた情熱』を発表した。そのあらすじは次のようなものである。

没落貴族の娘で美しく賢いカロリーヌ＝ド＝サンジュネは、老いたヴィルメール侯爵夫人のもとで働くことになる。彼女のお相手を務め、秘書の仕事をするためである。老夫人はすぐにカロリーヌが気に入り、彼女をやさしくもてなす。夫人の息子ユルバンはカロリーヌに恋するようになるが、打ち明けることができない。大貴族でありながらその階級の特権と偏見を憎み、理想を追い求めるユルバンに彼女のほうも心ひかれるが、ふたりのあまりにも違いすぎる境遇を思い、彼女は自分の恋心を認めまいとする。しかし、やがて自分の気持ちをおさえきれなくなったユルバンは、カロリーヌに求婚したいと母に告げる。その直後、カロリーヌに嫉妬《しっと》する女性の毒のある嘘《うそ》を信じた老夫人はカロリーヌを侮辱する。失意の娘は侯爵家を去って、オーヴェルニュの山村に住む、もと乳母の家に身を隠すが、ユルバンはあらゆる手をつくして彼女を探し出す。お互いの愛情を確かめあったふたりは、誤解のとけた老侯爵夫人の祝福を受けて結婚する。

59歳ごろ、『ラ＝カンティニ嬢』の時代のサンド。ナダールの写真

　パリの貴族社会とオーヴェルニュ地方の貧しい庶民生活の描写、逆境

に耐えて自立しようとする女性の自尊心と恋心、これらが巧みにとけあった『秘められた情熱』はおおいに好評をはくした。

さて、六三年には『ラ＝カンティニ嬢』が発表される。

聡明で美しいリュシ＝ラ＝カンティニ嬢に、自由思想家の父に育てられたエミール＝ルモンティエが恋をする。しかし、この恋の障害はリュシが信じているカトリック教とそれの体現者のようなモレアリ（彼女のざんげ聴問僧）である。エミールは、彼の未来の妻が夫以外の人間にその心のもっとも深い部分を開いて見せる告解の制度は一種の三角関係であり夫婦のあいだの魂の別居生活であるとしてこれを受け入れることができない。モレアリは、間接的にではありながら、リュシの母親の結婚生活をこわした張本人だった……。

昔、少女オーロールの胸の中で告解のさいにめばえた聖職者の権威にたいする疑問はその後もずっと存在しつづけたのであった。サンド五九歳の作品『ラ＝カンティニ嬢』の中では、家庭生活と個人の自由への聖職者による干渉の道具にさえなりかねない告解の制度にたいする批判が展開されているのである。

最晩年

サンドの最期

「老齢にもかかわらず、私は元気です。孫娘たちと川で水浴びしたり、この子たちにものを教えかつ楽しませるためのちょっとしたお話を書いて暮らしています。」

一八七五年八月、七一歳になったサンドは旧友ツルゲーネフにこう書き送っている。六六年生まれのオーロールと六八年生まれのガブリエル、このふたりの孫娘はサンドの老年の喜びであった。

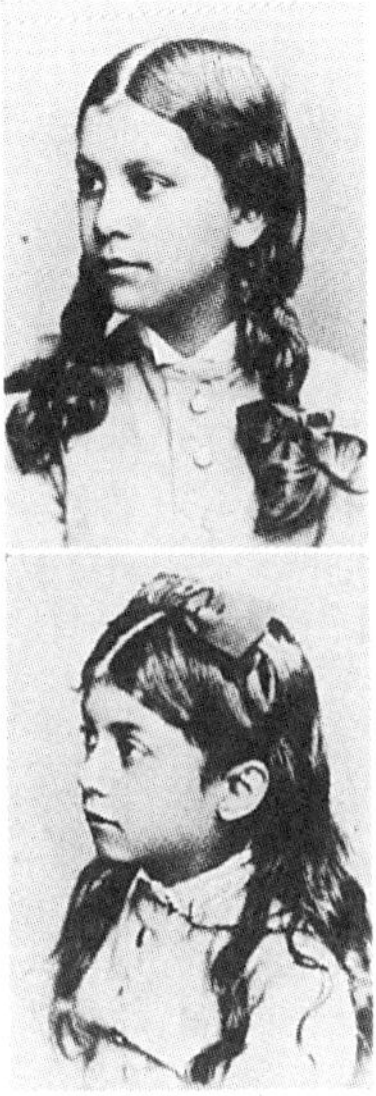
サンドの孫娘。9歳ごろのオーロール（上）と7歳ごろのガブリエル

実の娘以上にサンドを愛し尊敬していたリーナがノアンの館の家事をいっさい引き受けてくれたため、サンドは仕事に打ち込むことができた。

祖母は、孫娘たちの教育を受け持っ

ていた。彼女たちにせがまれるままに作り上げた童話を集めたものが『祖母のものがたり』[*18]（第一集は七三年、第二集は七六年）として出版されることになる。

最晩年にはこのように落ち着いた家庭の幸福とまれにみる健康に恵まれたサンドは、死の直前まで毎晩机にむかって小説や評論を書き続けていた。六〇歳を過ぎてからの彼女の小説には昔のような精彩がなく、我々二〇世紀末の読者の目から見ると冗長な凡作と言わざるをえないものも多い。だが、たとえば、七二年に発表された『ナノン』[*19]のような作品は現代の読者にもおもしろく読めるのではなかろうか。

クルーズ地方の小村を舞台に、フランス革命の嵐にもまれながらもたくましく生きぬいた農民の娘ナノンと貴族出身の見習い修道士エミリアンや彼らをとりまくさまざまな人間模様は、地方から、農民の視点から見たフランス革命という点で興味深い。七月革命、二月革命、そして七一年のパリ・コミューン（プロイセンとの戦争後の屈辱的な講和に怒って蜂起したパリ民衆と政府軍とのあいだに凄惨《せいさん》な戦闘がおこなわれた）を経て、作者が最終的に到達した革命観がこの小説には描かれている。

一八六〇年に患った腸チフスのせいでときどき腹痛の発作におそわれることはあったが、七六年春までのサンドは年齢のわりにたいへん健康であった。だが、この年の五月にはいるとがんこな便秘に苦しみはじめ、そして、ついに三〇日午後、猛烈な腹痛におそわれて床についてしまった。す

サンドの葬式。棺が前を通る時フロベールは泣いた

ぐさま何人もの医師が呼ばれたが、彼女の腸の機能が働かなくなっていたため、もう手のほどこしようがなかった。数日間サンドはひどい痛みに苦しみ、六月八日朝一〇時に息をひきとった。死にぎわは安らかであった。

ふりしきる雨の中、彼女の葬儀は六月一〇日にノアンでおこなわれた。家族やフロベールなどの親しい友人たちのほか、近隣から大勢の村人が偉大なノアンの奥方に最後の別れを告げに集まった。サンドは彼女の愛したノアンの館に隣あう墓地の中、父モーリス、祖母デュパン＝ド＝フランクイユ夫人のそばに葬られた。

息子モーリスは一八八九年、娘ソランジュは一八九九年、嫁リーナは一九〇一年に他界した。サンドの孫娘ガブリエルは一九〇九年に、オーロールのほうは一九六一年に世を去った。ノアンの館は現在「サンド博物館」となって一般に公開されている。

サンドが死の床についた一八七六年五月三〇日に、甥《おい》のオスカル＝カザマジュー（サンドの父親違いの姉カロリーヌの息子）にあてた手紙が残っている。

「あいかわらず体調がとても悪んです。胃の痛みでずいぶん弱ってしまいました。でも、こんなことはたいしたことではないし、しんぼうしなければなりません。そちらではみんなお元気のことと思います。お姉さん（カロリーヌ）とエルミニー（オスカルの妻）によろしく。こちらはみんな元気です。オーロールはかわいいわ。父親と母親はいつもたいへん健康ですし、ノアンは平穏でほがらかです。あなたにやさしいキスをおくります。心配しないでちょうだい。これは今までにもあったことだし、私の役目は終わり、これから起こりうるいかなる事態も悲しくはないんです。すべては良いものだと信じています。生きて死ぬこと、それは死んでますますよく生きることなんです。あなたたちを愛するおば、G・サンドより」

文学史上の位置づけと日本におけるサンド

最後に、サンドの残した膨大な作品の文学史上の位置づけを試みてみたい。

これらの作品の評価を考えるとき、「ロマン派世代として」「女流作家として」そして「フランス文学の作家として」という三つの側面があると言えよう。

ロマン主義とサンド

一八世紀末から一九世紀にかけての汎《はん》ヨーロッパ的な文化運動であるロマン主義は、時期により国によって大きな性格の違いがあり短い言葉で定義するのは不可能であるが、田村毅・塩川徹也編『フランス文学史』では次のように説明されている。

「ロマン主義とは、ユゴーが主張したように、まずは文学芸術における解放運動であり、やがてそれはあらゆる社会的・宗教的束縛からの人間の解放をめざす思想や運動の原動力ともなっていった。狭義では、例えば演劇作法上の古典劇の三統一の規則（同一の場、同一の日、同一の出来事）の廃止、あるいは詩法上ではアレクサンドラン（一二音綴句）の句切りや跨句の自由な用法など、古典主義文学の諸規則からの解放であったが、広義においては古典主義の理性的かつ普遍的な人間像に対抗し、感性や想像力を重視する個性的な人間像を提示し、既成の人間観を問いなおす思想的運動であった。個性の尊重を第一とし、個々人の才能の十全なる開花を称揚し、情熱と想像力に優位を与える思想であった。」

このように、ロマン主義は文学、音楽、絵画のみならず、哲学や宗教にまで広がる運動であり、サンドが深く傾倒したラムネやルルーの著作にもロマン主義的な特質が見られるのである。彼女が作家としてデビューした一八三〇年代はフランス・ロマン派の全盛時代であり、彼女の初期作品はその特徴を色濃く表したものであった。

さて、今日の視点では、だいたいの場合サンドはユゴーらとともにロマン主義世代を代表する作家として分類されている。ただ、彼女は（ユゴーもそうであるが）二月革命後も長生きし、その作風は田園小説へ、写実小説へと変わっていったのであるが、彼女の価値観の根本的部分、すなわち社会観、宗教観、恋愛観等の底辺には非常にロマン主義的なものがあるように思われる。彼女のいわゆる「社会主義小説」や田園小説も同じ土壌から生み出されたものと考えることができよう。サンドの作品が一九世紀には非常にもてはやされながら、二〇世紀になると時代遅れのものと見なされるようになったのはロマン主義の宿命であった。

女流作家の系譜とサンドの位置

サンドを文学史上に位置づける場合の第二の視点は女流作家としてのサンドであろう。

日本の王朝時代を除けば、世界文学史の中でフランスほど女性文学者が活躍した国は少ないのではなかろうか。一二世紀にマリー＝ド＝フランスという女流詩人が現れ、彼女以後フランス文学史には、一五世紀に『エプタメロン』の作者マルグリット＝ド＝ナヴァールやリヨンの詩人「綱具屋《つなぐや》小町《こまち》」ルイーズ＝ラベ、一七世紀に『クレーヴの奥方』のラファイエット夫人や書簡で名高いセヴィニェ夫人らが現れた。そして一八世紀には大物の女流文学者こそ見あたらないが、デピネー夫人やコンドルセ夫人らのサロンが思想的にフランス大革命を準備することとなったのであった。

フランス革命後、全ヨーロッパで読まれたのはナポレオンにきらわれたスタール夫人の著作である。ルイ一六世の財務総監の娘として生まれ、天才に恵まれ、そして自分の情念と信念に忠実に生きぬいたスタール夫人は、まさに革命後のフランス・フェミニズム運動の出発点とも見なされる存在であった。

サンドはこのスタール夫人の後を引き継ぎ、次の世代のコレット、そしてボーヴォワールへと続くフランス女流文学の主流に位置している。特に、一八七三年生まれで、女性の「性」についての率直な考えを作品化し、また私生活においてもその奔放な生き方がいろいろとりざたされたコレットはサンドの後継者と言えるかもしれない。

サンドの作品の最後の視点はフランス文学の作家としての彼女である。今日の世界では何といっても英語が最も一般的に使われている言語であろうが、ヨーロッパでは一九世紀初めごろまでそれはフランス語であった。帝政ロシアの上流階級の使用言語がフランス語であったことや、プロシアのフリードリヒ大王がフランス語を使っていたことはよく知られている。このように、ルイ一四世時代以来、フランス文化とフランス語はヨーロッパにおいてたいへん重視され勉強されていたのである。当然、フランス文学はフランス以外の国でも読まれ翻訳されたのだった。一例をあげれば、サンドの作品は一九世紀のロシアで非常に人気があった。そのことは、今世紀初めにフランス語による膨大な『ジョルジュ＝サンド、その生涯と作品』を著したのはコマローヴァ（ペンネームはウラジミール＝カレーニン）というロシア女性であったことからもわかるのである。また、当時のイギリスでもサンドの本は大いに読まれたのであり、たとえば、一九世紀の女流作家ジョージ＝エリオットやブロンテ姉妹も彼女の愛読者であった。

それでは、日本におけるサンドはどのような運命をたどることになったのであろうか。

日本における評価

サンドに限らず欧米の文学作品が日本で大量に翻訳されたのは太平洋戦争直後の昭和二〇年代（一九四五―五四年）であった。暗い戦争の時代が終わり、人々はいっせいに新たな知識を求め、今まであまり知ることのできなかった西洋のさまざまな文学作品をむさぼるように読んだのである。

サンドの作品の最初の翻訳（単行本）は大正元年の渡辺千冬という人物による『魔ケ沼』（後の訳では『魔の沼』）であった。戦前・戦中にはそれ以外に『愛の妖精』（昭和一一年刊）、『モープラア』（大正一二年刊、後の訳では『モープラ』『道は愛と共に』）、『アンヂアナ』（昭和一二年刊）、および童話『薔薇色の雲』（昭和一九年刊、後の訳では『ばら色の雲』）、『ピクトルデュの館』（昭和一九年刊、後の訳では『母のおもかげ』）が出ている。昭和二〇年代には戦前の作品の復刻はもちろん、それに加えて『彼女と彼』『ジェルマンドル一家』（一八六一年作、邦訳＝昭和二三年刊。ガルジレスを舞台にした、ある貧乏貴族の一家の物語）、『秘められた情熱』（昭和二五年刊）、『笛師のむれ』（昭和二三年刊）、『捨子フランソワ』（昭和二四年刊、後の訳では『棄子のフランソワ』）等のほかに童話『ものをいうかしの木』（昭和二八年刊）などが訳された。特に、『彼女と彼』は昭和二〇年代に四種類もの訳が出ている。

ところが、これらの翻訳書には現在もう手にはいらないものが多い。近年出た新訳本は『愛の妖精』を除くと一九八八年の『フランス田園伝説集』（岩波書店）と、九二年の『コアックス女王』（『祖母のものがたり』の中の一遍。青山社。『かえるの女王』という邦訳題もある）、九六年の『ジョルジュ・サンドからの手紙』（ショパンとともにマヨルカ島に滞在した時の書簡集。藤原書店）、九七年の『マヨルカの冬』（藤原書店）のみである。これはいったいなぜであろうか。まず、大きな理由としては、高度成長時代を通過した日本人たちが経済だけでなく自国の文化にも自信を持つようになって、以前のような西洋崇拝熱がさめてしまったため、外国文学の翻訳書が昔ほどの人気を得られなくなったことがあげられよう。もうひとつの理由は、さまざまな側面をもつサンドの作品群の全貌《ぜんぼう》が我が国に紹介されて根づく前に、次々と翻訳される他の作家の作品の波にのみこまれて、「田園小説作家」としてのサンドしか知られることがなかったからであろう（ところで、フランスにおいても今世紀初めから一九六〇年代までは一般的に言ってサンドは田園小説作家としてしか扱われていなかったが、最近は状況がかなり変わっている。翻訳したりする必要がないだけ、サンドの全作品の再評価も比較的容易にできるのである）。

このように彼女の作品は日本ではあまり知られていないわけであるが、サンドという人物に関してはどうであろうか。我が国における彼女のイメージといえばまず「ズボンをはいてタバコを吸う男装の麗人」および「ショパンの恋人」のふたつではなかろうか。

ショパンは日本でも昔から人気が高いため、彼の音楽だけでなくその生涯もよく知られているといえよう。ショパンを扱った本の中には当然サンドについて詳しいものが多い。また、近年では『ノアンのショパンとサンド』（一九八八年シルヴィ＝ドレーグ＝モワン著、邦訳は九二年、音楽之友社）という本も出ている。だいたいの傾向として、以前はサンドを妖婦あつかいし、ショパンを餌食《えじき》にした悪女といった論調が多かったのに比べ、サンドの残した書簡等の全容が明らかになるにつれて、最近は彼らの関係をかなり中立的な立場で取り扱っているものが多いようである。

次に、サンドとフェミニズムの関係について見てみよう。彼女は早くから「男まさりの自立した女」の好例として紹介されてきた。フランスにおいても女流文学の系譜の中でサンドを位置づけようとするときは必ずフェミニズム運動との関連が論じられる。だがすでに見たように、彼女の生き方は当時の女性としては非常に進歩的であったものの、彼女の考えていたことと一九世紀の女権運動の主張とは必ずしも一致していたわけではなかった。

彼女の二月革命とのかかわりはどうであろうか。これは日本のサンド研究者にもよく取り上げられるテーマであるが、なにしろ二月革命中に彼女が執筆したパンフレット類はもちろん、それに先立つ彼女の「社会主義小説」はまったく日本語に翻訳されていないため、フランス文化・フランス文学の研究者以外にはあまり問題にされていないのが現状である。

以上のように、全般的に見れば日本におけるサンドは一時期よりも知名度が上がり、彼女に興味を持つ人や研究する人の数も増える傾向にあるが、やはり、彼女のもっと多くの作品が日本語でだれにでも読めるようにならないかぎり、我が国のサンド研究は大きく広がることはないのではなかろうか。

注

＊1――原題＝Jeanne.

＊2――原題＝Courrier français.

＊3――原題＝Roman rustique de George Sand à Ramuz. Ses tendances et son évolution. 一九六二年刊。

＊4――原題＝Mariage de Victorine.

＊5――原題＝Le Constitutionnel.「立憲派」の意。

＊6――原題＝La Daniella.

＊7――原題＝Mademoiselle La Quintinie.

＊8――『詩人アルドーAldo le Rimeur』『リラの七弦 Sept cordes de la lyre』『コジマ Cosima』。

＊9――原題＝Le Roi attend.

＊10――原題＝Horace. 一六四〇年作。

＊11――原題＝Malade imaginaire. 一六七三年作。

＊12――原題＝Claudie.

＊13――原題＝Molière.

＊14――原題＝Un bienfait n'est jamais perdu.

＊15――一八七四年刊。邦訳は、渡辺一夫訳・岩波文庫・一九四〇年刊。

＊16――原題＝Dames vertes.

＊17――一八一四年刊。邦訳は、深田甫訳・創士社・一九七九年刊ほか数種類あり。
＊18――原題＝Contes d'une grand' mère.
＊19――原題＝Nanon.

あとがき

小学生のころ読んだ『愛の妖精』に感激して以来ジョルジュ＝サンドの作品に興味を持ち、手にはいるかぎりの翻訳を読んだ私は、大学の仏文科に進学したあと、卒業論文にサンドを選んだ。だがここで、好きで本を読むのと勉強のために読むのとは根本的にまったく別物だということがよくわかるはめになった。卒業論文を書き終わった時には、サンドにはもうあきあきしていたのである。

卒業後フランスの大学に留学する機会があったのだが、最初のうちはかなりみじめな生活であった。日本の大学で四年間フランス語を勉強し、そのあとも渡仏まで三か月のあいだ語学学校で毎日みっちりやったにもかかわらず、フランスでは日常会話もろくにできず、ましてや大学の講義などまったくついて行けなかったのである。言葉ができないとまわりの人たちにばかにされているような気がして、すべてにたいしてひっこみじあんになってしまった。なまり色の空、さむざむとした町並み、フランスでの最初の冬のわびしかったこと……。

この冬結局何をしたかというと、読書だった。学生寮の狭い部屋に閉じこもってむさぼるように読んだのは、もうあきあきしていたはずのサンドの本。現代の我々から見ればかなり「お涙ちょうだい」的なところのある『クローディ』（町の男に捨てられてひとりで子どもを生んだ可憐《かれん》ないなか娘が、周囲の白い目にもめげずけなげに生きる……）などをもらい泣きしながら読んだのであった。のちに私のこの話を聞いたフランス人のある先生は「サンドのああいう本を読んで泣けるとは、あなたの感性はすごい」と言ってあきれていた。

こんなわけで、サンドの研究を現在まで続けることになってしまった。人間同士の交際同様、つらい時、わびしい時に読んだ本というのはいつまでも自分の中に残っているような気がするのである。できればこれからも、まだまだ長くサンドとつきあっていきたいものだと考えている。

本書中に引用したサンドの作品や書簡等は私が原文から訳したものではありますが、すでに翻訳（部分訳を含む）があるものに関して諸先輩の名訳をおおいに参考にさせていただいています。また、最後になりましたが、この本を書く機会を与えてくださった清水書院の清水幸雄さんと京都大学の稲垣直樹先生に心から感謝いたします。

坂本千代

ジョルジュ＝サンド年譜

（作品はおもに単行本で、発行された年月を示す）

西暦	年齢	年譜	背景をなす社会的事件、ならびに参考事項
一八〇四年		六月五日、父モーリス＝デュパンと母ソフィ＝ドラボルド結婚 七月一日、オーロール＝デュパン（ジョルジュ＝サンド）、パリにて誕生	ナポレオン＝ボナパルトが帝位について第一帝政始まる
〇八	四歳	六月一二日、弟オーギュスト誕生 七月末、両親・弟とともにノアンに着く 九月八日、オーギュスト死去 九月一六日、父、落馬事故にて死去	
一四	一〇		ルイ一八世が王位について王政復古
一八	一四	一月、パリのダーム・ゾーギュスティーヌ・ザングレーズ修道院の寄宿生となる	
二〇	一六	四月、修道院を出てノアンに戻る	ラマルティーヌ『瞑想詩集』
二一	一七	二月末あるいは三月初め、祖母デュパン＝ド＝フラ	ナポレオン、セント・ヘレナ島にて死去

		ンクイユ夫人、卒中で倒れる 一二月二六日、祖母、ノアンにて死去	
二二年	一八歳	一月、母とともにパリに出る 四月、カジミール＝デュドヴァンと知り合う 九月一七日、カジミールと結婚	
二三	一九	六月三〇日、パリにて長男モーリス誕生	
二四	二〇		ルイ一八世死去。シャルル一〇世即位
二五	二一	七月、オーレリアン＝ド＝セーズと知り合う	
二八	二四	九月一三日、ノアンにて長女ソランジュ誕生	
三〇	二六	七月、ジュール＝サンドーと知り合う 一一月、カジミールと夫婦喧嘩	七月、七月革命勃発。八月、ルイ＝フィリップが王位について七月王政始まる ミュッセ『スペインとイタリアの物語』 スタンダール『赤と黒』
三一	二七	一月、ノアンを出てパリに三か月滞在。アンリ＝ド＝ラトゥシュを訪ねる 一二月、J・サンドの筆名で『ローズとブランシュ』	ユゴー『ノートルダーム・ド・パリ』 バルザック『三〇女』

三二年	二八歳	五月『アンディアナ』 七月『メルキオル』 一一月『ヴァランティーヌ』	ロシアがポーランド王国を併合 ミュッセ『肘掛椅子で見る芝居』
三三	二九	一月、マリー＝ドルヴァルと知り合う 三月、サンドーと別れる 四月、プロスペル＝メリメとのアヴァンチュール 六月、アルフレッド＝ド＝ミュッセと知り合う 七月『レリア』 九月『詩人アルドー』 一二月、ミュッセとイタリアに出発。ヴェネチアに着く	
三四	三〇	二月、ピエトロ＝パジェッロと知り合う 三月、ミュッセ、ヴェネチアを発つ 七月、パジェッロとともにヴェネチアを発つ 八月、パリに戻る。ミュッセと再会 一〇月、パジェッロ、パリを去る	リヨンとパリで労働者の暴動 ラムネ『一信者の言葉』 ルルー、レイノー『新百科全書』

三五年	三一歳	三月、ミュッセとの最終的破局 四月、ミシェル＝ド＝ブールジュと知り合う 一〇月、夫との別居訴訟をおこす	
三六	三二	七月、別居協定成立 九月、スイスにリストとマリー・ダグーを訪ねる 秋、フレデリック＝ショパンと知り合う	ミュッセ『世紀児の告白』
三七	三三	二月—三月、五月—七月、リストとマリー＝ダグー、ノアン訪問 二月『ある旅行者の手紙』 二月—三月『マルシへの手紙』連載 六月、ミシェルとの恋愛終わる 八月『モープラ』	ミュッセ『十月の夜』
三八	三四	二月末—三月初め、バルザック、ノアン訪問。夏、ショパンとの愛の関係始まる 一一月、子どもたちやショパンとともにスペイン領マヨルカ島に着く	
三九	三五	二月、マヨルカを発つ。『スピリディオン』	ショパン『二四のプレリュード』完成

		九月、改訂版『レリア』	サンドー『マリアンナ』
四〇年	三六歳	一月『ガブリエル』 『リラの七弦』 二月、息子モーリス、ドラクロワの弟子となる 四月、ポーリーヌ＝ガルシアとルイ＝ヴィアルド結婚 『コジマ』テアトル・フランセ初演 一二月『フランス遍歴の修業職人』	バルザック『ベアトリックス』
四一	三七	八月、ヴィアルド夫妻、ノアン訪問	
四二	三八	一月『マヨルカの冬』 九月『コンスエロ』（一・二巻）	
四三	三九	五月—一一月『コンスエロ』（三—八巻） 一二月『ルドルシュタット伯爵夫人』（一・二巻）	
四四	四〇	六月『ルドルシュタット伯爵夫人』（三巻） 一二月『ジャンヌ』	
四五	四一	七月『アンジボーの粉ひき』	メリメ『カルメン』
四六	四二	八月『魔の沼』	ダニエル＝ステルン『ネリダ』

四七年	四三歳	三月『ルクレチア・フロリアニ』 五月一九日、ソランジュとジャン＝バティスト＝クレザンジェ結婚 七月、ソランジュ夫妻と激しく衝突 　ショパンとの訣別 一二月『棄子のフランソワ』連載	ダニエル＝ステルン『自由論』
四八	四四	三月、パリに駆けつける。臨時革命政府に協力 　『中産階級への一言』 　『ブレーズ・ボナンの口述によるフランス史』 四月『王様は待っている』レピュブリック座上演 五月、ノアンに戻る	二月、二月革命。ルイ＝フィリップ退位 六月、パリで六月暴動 一一月、国民議会が新憲法完成 一二月、ルイ＝ナポレオン＝ボナパルトが大統領就任
四九	四五	五月一〇日、ソランジュの娘ジャンヌ＝ガブリエル（二二）誕生 五月二〇日、ドルヴァル、パリにて死去 八月『愛の妖精』 一〇月一七日、ショパン、パリにて死去	

		一一月『棄子のフランソワ』オデオン座初演	
五〇年	四六歳	一月、アレクサンドル＝マンソー、ノアンに来る	
五一	四七	一月『クローディ』ポルト・サン・マルタン座初演 ソランジュ、ニニを連れてノアンに来る 五月『モリエール』ゲテ座初演 一一月『ヴィクトリーヌの結婚』ジムナーズ座初演	ルイ＝ナポレオンのクーデター ダニエル＝ステルン『一八四八年革命史』
五二	四八	一月、パリに出て、ルイ＝ナポレオンに政治犯の恩赦を請う	一月、新憲法制定 一一月、ナポレオン三世即位。第二帝政始まる
五三	四九	七月『笛師のむれ』 一一月『モープラ』オデオン座初演	
五四	五〇	一一月―一二月『我が生涯の物語』（一―四巻）	
五五	五一	一月一三日、孫娘ニニ死去 二月―五月、モーリスおよびマンソーとともにイタリア旅行 一月―八月『我が生涯の物語』（五―二〇巻）	

五七年	五三歳	五月二日、ミュッセ死去。『ラ・ダニエラ』	フロベール『ボヴァリー夫人』
五八	五四	一〇月『フランス田園伝説集』	
五九	五五	五月『彼女と彼』 一一月『緑の貴婦人たち』	
六一	五七	二月『秘められた情熱』 一一月『ジェルマンドル一家』	
六二	五八	五月一七日、モーリスとリーナ＝カラマッタ結婚	ユゴー『レ・ミゼラブル』
六三	五九	七月『ラ・カンティニ嬢』	
六四	六〇	二月『秘められた情熱』オデオン座初演 六月、マンソーとともにパレゾーに移る	
六五	六一	八月二一日、マンソー、パレゾーにて死去	
六六	六二	一月一〇日、モーリスの長女オーロール誕生 八月、一一月、クロワッセのフロベール宅を二度訪問	
六八	六四	三月一一日、モーリスの次女ガブリエル誕生 五月、クロワッセのフロベール宅訪問	
六九	六五	一二月、フロベールがクリスマスをノアンで過ごす	

七〇年	六六歳	九月『マルグレトゥー』	七月、普仏戦争勃発 九月、第二帝政が倒れ、第三共和制始まる
七一	六七	三月八日、カジミール＝デュドヴァン死去	パリ・コミューン
七二	六八	一二月『ナノン』	
七三	六九	四月、フロベールとツルゲーネフがノアン訪問 一一月『祖母のものがたり』第一集（『ピクトルデュの館』『コアックス女王』『ばら色の雲』を含む）	
七四	七〇	九月『わが妹ジャンヌ』	フロベール『聖アントワーヌの誘惑』
七六		五月三〇日、病床につく 六月八日、ノアンにて死去。享年七一歳 九月『祖母のものがたり』第二集（『ものをいうかしの木』『巨人のオルガン』を含む）	

参考文献

容易に入手できるもの、図書館等で閲覧可能なものをあげるにとどめた。

A　サンドの作品のおもな邦訳

『愛の妖精』宮崎嶺雄訳　岩波文庫　一九三六
『アンヂアナ』上・下　杉捷夫訳　岩波文庫　一九三七
『彼女と彼』川崎竹一訳　岩波文庫　一九五〇
『ジェルマンドル一家』水谷謙三　第三書房　一九四八
『ジョルジュ・サンドからの手紙』持田明子編・構成　藤原書店　一九九六
『棄子のフランソワ』長塚隆二　角川文庫　一九五二
『秘められた情熱』井上勇・小松ふみ子訳　北隆館　一九五〇
『笛師のむれ』上・下　宮崎嶺雄訳　岩波文庫　一九三七
『フランス田園伝説集』篠田知和基訳　岩波文庫　一九八八
『魔の沼』杉捷夫訳　岩波文庫　一九五二
『マヨルカの冬』小坂裕子訳　藤原書店　一九九七
『道は愛と共に』（モープラ）大村雄治訳　改造社　一九五〇

サンドの童話

『巨人のオルガン』（『フランス幻想文学傑作選　3』に収録）大矢タカヤス訳　白水社　一九八三
『コアックス女王』平井知香子訳　青山社　一九九二
『母のおもかげ』（ピクトルデュの館）山主敏子訳　偕成社　一九九〇
『ばら色の雲』（『ピクトルデュの館』『ものをいうかしの木』併録）杉捷夫訳　岩波少年文庫　一九五四
『ばら色の雲』（『かえるの女王』併録）石沢小枝子訳　講談社　こどもの世界文学　一九七三

B　サンドの伝記・研究書など

『ヴェネチアの恋人たち　ジョルジュ・サンドとミュッセ』シャルル＝モーラス（後藤敏雄訳）弥生書房　一九七二
『サンド　わが愛　山方達雄先生遺稿集』山方達雄先生遺稿集刊行会　一九九六
『ショパンとサンド　愛の軌跡』小沼ますみ　音楽之友社　一九八二
『ジョルジュ・サンド』アンドレ・モロワ（河盛好蔵・島田昌治訳）新潮社　一九五四
『ジョルジュ・サンド』マリー＝ルイーズ＝ボンシルヴァン＝フォンタナ（持田明子訳）リブロポート　一九八一
『ジョルジュ・サンド』ユゲット＝ブシャルドー（北代美和子訳）河出書房新社　一九九一
『ジョルジュ・サンドはなぜ男装をしたか』池田孝江　平凡社　一九八八
『ジョルジュ・サンド評伝』長塚隆二　読売新聞社　一九七七
『ノアンのショパンとサンド』シルヴィ＝ドレーグ＝モワン（小坂裕子訳）音楽之友社　一九九二

C　その他

『フランス女性の歴史　4　目覚める女たち』アラン＝ドゥコー（山方達雄訳）大修館書店　一九八一
『フランス文学史』田村毅・塩川徹也編　東京大学出版会　一九九五
『リスト』諸井三郎　音楽之友社　一九六五

D　サンドの作品・書簡

Œuvres complètes, Slatkine Reprints, Genève, 1979-1980, 35vol.
Œuvres autobiographiques（*Histoire de ma vie*, *Voyage en Espagne*, *Mon grand-oncle*, *Voyage en Auvergne*, *La Blonde Phœbé*, *Nuit d'hiver*, *Voyage chez M. Blaise*, *Les Couperies*, *Sketches and hints*,

Lettres d'un voyageur, Journal intime, Entretiens journaliers, Fragment d'une lettre écrite de Fontainebleau, Un Hiver à Majorque, Souvenirs de mars-avril 1848, Journal de novembre-décembre 1851, Après la mort de Jeanne Clésinger, Le Théâtre et l'acteur, Le Théâtre des marionettes de Nohant), Gallimard (Bibliothèque de la Pléiade), 1970-1971, 2vol.

Romans 1830 (*Indiana, Valentine, Lélia, Le secrétaire intime, Leone Leoni, Jacques, Mauprat, Un hiver à Majorque*), Presses de la Cité, 1991.

Vies d'artistes (*La marquise, Les maîtres mosaïstes, La dernière Aldini, Pauline, Horace, Teverino, Lucrezia Floriani, Le château des Desertes, Les maîtres sonneurs*), Presses de la Cité, 1992.

Agendas, Jean Touzot, 1990-1993, 5vol.

Le Compagnon du tour de France, Presses Universitaires de Grenoble, 1988.

Consuelo, la Comtesse de Rudolstadt, Editions de l'Aurore, 1988, 3vol.

Contes d'une grand-mère I, II, Editions de l'Aurore, 1979.

La Daniella, Editions de l'Aurore, 1992.

Elle et Lui, Editions de l'Aurore, 1987.

François le Champi, Livre de Poche, 1983.

Gabriel, Des Femmes,1988.

Jeanne, Editions de l'Aurore, 1986.

Les Légendes rustiques, Editions de la Nouvelle République, 1985.

Lélia (*deuxième version*), Editions de l'Aurore, 1987.

Mademoiselle La Quintinie, Slatkine Reprints, Genève, 1979.

La Mare au Diable, J'ai Lu, 1992.

Le Marquis de Villemer, Editions de l'Aurore, 1989.

Nanon, Editions de l'Aurore, 1989.

La Petite Fadette, Presses Pocket, 1991.
Politique et polémique, présenté par Michelle Perrot, Imprimerie nationale, 1997.
Spiridion, Editions d'Aujourd'hui, 1976.
Correspondance, Garnier (Classiques Garnier), 1964-1995, 26vol. (22-25巻は Bordas, 26巻は Editions du Lérot 発行)
George Sand et Marie Dorval. Correspondance inédite, publiée avec une introduction et des notes par Simone André-Maurois, Gallimard, 1953.
Lettres de Chopin et de George Sand (1836-1839), recueil établi, traduit, et annoté par Bronislas Edouard Sydow, Denise Colfs-Chainaye et Suzanne Chainaye, Editions La Cartoixa, Palma, 1969.
Sand et Musset. Lettres d'amour, présentées par Françoise Sagan, Hermann, 1985.

E 伝記・研究書・その他

BARRY, Joseph : *George Sand ou le scandale de la liberté,* Le Seuil, 1982.
BONSIRVEN-FONTANA, Marie-Louise : *Dans l'ombre de George Sand,* Editions Pastorelly, Monte-Carlo, 1976.
BOUCHARDEAU, Huguette : *George Sand, la lune et les sabots,* Robert Laffont, 1990.
CAORS, Marielle : *George Sand. De voyage en romans,* Royer, 1993.
CHALON, Jean : *Chère George Sand,* Flammarion, 1991.
DELAIGUE-MOINS, Sylvie : *Chopin chez George Sand à Nohant,* Les Amis de Nohant, 1986.
KARENINE, Wladimir : *George Sand, sa vie et ses œuvres,* Plon, 1899-1926, 4vol.
LACASSAGNE, Jean-Pierre : *Histoire d'une amitié. Pierre Leroux et George Sand,* Klincksieck, 1973.

LUBIN, Georges : *Album Sand,* Gallimard (Bibliothèque de la Pléiade), 1973.
MALLET, Francine : *George Sand,* Grasset, 1976.
MANIFOLD, Gay : *George Sand's theatre career,* UMI Research Press, Ann Arbor (Michigan), 1985.
MARIX-SPIRE, Thérèse : *Les Romantiques et la musique. Le cas George Sand,* Nouvelles Editions Latines, 1955.
MAUROIS, André : *Lélia ou la vie de George Sand,* Hachette, 1952.
MAURRAS, Charles : *Les Amants de Venise, George Sand et Musset,* Flammarion, 1953.
MOZET, Nicole : *George Sand écrivain de romans,* Christien Pirot, 1997.
POMMIER, Jean : *George Sand et le rêve monastique, Spiridion,* Nizet, 1966.
SALOMON, Pierre : *George Sand,* Editions de l'Aurore, 1984.
SAND, Aurore : *Le Roman d'Aurore Dudevant et d'Aurélien de Sèze,* Editions Montaigne, 1928.
SEILLIERE, Ernest : *George Sand mystique de la passion, de la politique et de l'art,* Alcan, 1920.
TOESCA, Maurice : *Le Plus grand amour de George Sand,* Albin Michel, 1980.
TRICOTEL, Claude : *Comme deux troubadours. Histoire de l'amitié FLAUBERT-SAND,* SEDES, 1978.
VERNOIS, Paul : *Le Roman rustique de George Sand à Ramuz. Ses tendances et son évolution (1860-1925),* Nizet, 1962.
VINCENT, Louise : *George Sand et le Berry,* Laffitte reprints, 1978.
VIVENT, Jacques : *La Vie privée de George Sand,* Hachette, 1949.

さくいん

【新聞・雑誌・書名】

【人　名】

【地名・事項】

ジョルジュ＝サンド■人と思想141　　定価はカバーに表示

1997年８月28日　第１刷発行©
2016年７月25日　新装版第１刷発行©

・著　者　…………………………坂本《さかもと》　千代《ちよ》
・発行者　…………………………渡部　哲治
・印刷所　…………………………法規書籍印刷株式会社
・発行所　…………………………株式会社　清水書院

〒102−0072　東京都千代田区飯田橋3−11−6
Tel・03(5213)7151〜7
振替口座・00130−3−5283
http://www.shimizushoin.co.jp

検印省略
落丁本・乱丁本はおとりかえします。

CenturyBooks

Printed in Japan
ISBN978−4−389−42141−0

CenturyBooks

清水書院の〝センチュリーブックス〟発刊のことば

近年の科学技術の発達は、まことに目覚ましいものがあります。月世界への旅行も、近い将来のこととして、夢ではなくなりました。しかし、一方、人間性は疎外され、文化も、商品化されようとしていることも、否定できません。

いま、人間性の回復をはかり、先人の遺した偉大な文化を継承して、高貴な精神の城を守り、明日への創造に資することは、今世紀に生きる私たちの、重大な責務であると信じます。

私たちがここに、「センチュリーブックス」を刊行いたしますのは、人間形成期にある学生・生徒の諸君、職場にある若い世代に精神の糧を提供し、この責任の一端を果たしたいためであります。

ここに読者諸氏の豊かな人間性を讃えつつご愛読を願います。

一九六七年

SHIMIZU SHOIN

【人と思想】既刊本

老子	高橋 進
孔子	内野熊一郎他
ソクラテス	中野幸次
釈迦	副島正光
プラトン	中野幸次
アリストテレス	堀田 彰
イエス	八木誠一
親鸞	古田武彦
ルター	小牧 治 泉谷周三郎
カルヴァン	渡辺信夫
デカルト	伊藤勝彦
パスカル	小松摂郎
ロック	浜林正夫他
ルソー	中里良二
カント	小牧 治
ベンサム	山田英世
ヘーゲル	澤田 章
J・S・ミル	菊川忠夫
キルケゴール	工藤綏夫
マルクス	小牧 治
福沢諭吉	鹿野政直
ニーチェ	工藤綏夫
J・デューイ	山田英世
フロイト	鈴村金彌
内村鑑三	関根正雄
ロマン＝ロラン	村上嘉隆 村上益子
孫文	横山 英 中山義弘
ガンジー	坂本徳松
レーニン	中野徹三 高岡健次郎
ラッセル	金子光男
シュバイツァー	泉谷周三郎
ネルー	中村平治
毛沢東	宇野重昭
サルトル	村上嘉隆
ハイデッガー	新井恵雄
ヤスパース	宇都宮芳明
孟子	加賀栄治
荘子	鈴木修次
アウグスティヌス	宮谷宣史
トーマス・マン	村田經和
シラー	内藤克彦
道元	山折哲雄
ベーコン	石井栄一
マザーテレサ	和田町子
中江藤樹	渡部 武
ブルトマン	笠井恵二
本居宣長	本山幸彦
佐久間象山	奈良本辰也 左方郁子
ホッブズ	田中 浩
田中正造	布川清司
幸徳秋水	絲屋寿雄
スタンダール	鈴木昭一郎
和辻哲郎	小牧 治
マキアヴェリ	西村貞二
河上肇	山田 洸
アルチュセール	今村仁司
杜甫	鈴木修次
スピノザ	工藤喜作
ユング	林 道義
フロム	安田一郎
マイネッケ	西村貞二
エラスムス	斎藤美洲
パウロ	八木誠一
ブレヒト	岩淵達治
ダンテ	野上素一
ダーウィン	江上生子
ゲーテ	星野慎一
ヴィクトル＝ユゴー	辻 昶 丸岡高弘
トインビー	吉沢五郎
フォイエルバッハ	宇都宮芳明

平塚らいてう	小林登美枝
フッサール	加藤　精司
ゾ　ラ	尾崎　和郎
ボーヴォワール	村上　益子
カール=バルト	大島　末男
ウィトゲンシュタイン	岡田　雅勝
ショーペンハウアー	遠山　義孝
マックス=ヴェーバー	住谷一彦他
D・H・ロレンス	倉持　三郎
ヒューム	泉谷周三郎
シェイクスピア	福田陸太郎 菊川　倫子
ドストエフスキイ	井桁　貞義
エピクロスとストア	堀田　彰
アダム=スミス	浜林　正夫 鈴木　亮
ポパー	川村　仁也
フンボルト	西村　貞二
白楽天	花房　英樹
ベンヤミン	村上　隆夫
ヘッセ	井手　賁夫
フィヒテ	福吉　勝男
大杉栄	高野　澄
ボンヘッファー	村上　伸
ケインズ	浅野　栄一
エドガー=A=ポー	佐渡谷重信

ウェスレー	野呂　芳男
レヴィ=ストロース	吉田禎吾他
ブルクハルト	西村　貞二
ハイゼンベルク	小出昭一郎
ヴァレリー	山田　直
プランク	高田　誠二
ラヴォアジエ	中川鶴太郎
T・S・エリオット	徳永　暢三
シュトルム	宮内　芳明
マーティン=L=キング	梶原　寿
ペスタロッチ	長尾十三二 福田　弘
玄　奘	三友　量順
ヴェーユ	冨原　眞弓
ホルクハイマー	小牧　治
サン=テグジュペリ	稲垣　直樹
西光万吉	師岡　佑行
ヴァイツゼッカー	加藤　常昭
メルロ=ポンティ	村上　隆夫
オリゲネス	小高　毅
トマス=アクィナス	稲垣　良典
ファラデーと　マクスウェル	後藤　憲一
津田梅子	古木宜志子
シュニツラー	岩淵　達治

タゴール	丹羽　京子
カステリョ	出村　彰
ヴェルレーヌ	野内　良三
コルベ	川下　勝
ドゥルーズ	鈴木　亨
「白バラ」	関　楠生
リジュのテレーズ	菊地多嘉子
リッター	西村　貞二
プルースト	石木　隆治
ブロンテ姉妹	青山　誠子
ツェラーン	森　治
ムッソリーニ	木村　裕主
モーパッサン	村松　定史
大乗仏教の思想	副島　正光
解放の神学	梶原　寿
ミルトン	新井　明
ティリッヒ	大島　末男
神谷美恵子	江尻美穂子
レイチェル=カーソン	太田　哲男
オルテガ	渡辺　修
アレクサンドル=デュマ	辻　昶 稲垣　直樹
西　行	渡部　治
ジョルジュ=サンド	坂本　千代
マリア	吉山　登

ラス＝カサス	染田　秀藤
吉田松陰	高橋　文博
パステルナーク	前木　祥子
パース	岡田　雅勝
南極のスコット	中田　修
アドルノ	小牧　治
良寛	山崎　昇
グーテンベルク	戸叶　勝也
ハイネ	一條　正雄
トマス＝ハーディ	倉持　三郎
古代イスラエルの預言者たち	木田　献一
シオドア＝ドライサー	岩元　巌
ナイチンゲール	小玉香津子
ザビエル	尾原　悟
ラーマクリシュナ	堀内みどり
フーコー	今村　仁司 栗原　仁
トニ＝モリスン	吉田　廸子
悲劇と福音	佐藤　研
リルケ	星野　慎一 小磯　仁
トルストイ	八島　雅彦
ミリンダ王	森　祖道 浪花　宣明
フレーベル	小笠原道雄
ヴェーダからウパニシャッドへ	針貝　邦生
ベルイマン	小松　弘
アルベール＝カミュ	井上　正
バルザック	高山　鉄男
モンテーニュ	大久保康明
ミュッセ	野内　良三
ヘルダリーン	小磯　仁
チェスタトン	山形　和美
キケロー	角田　幸彦
紫式部	沢田　正子
デリダ	上利　博規
ハーバーマス	小牧　治 村上　隆夫
三木清	永野　基綱
グロティウス	柳原　正治
シャンカラ	島　岩
ハンナ＝アーレント	太田　哲男
ミダース王	西澤　龍生
ビスマルク	加納　邦光
オパーリン	江上　生子
アッシジのフランチェスコ	川下　勝
スタール夫人	佐藤　夏生
セネカ	角田　幸彦
ペテロ	川島　貞雄
ジョン・スタインベック	中山喜代市
漢の武帝	永田　英正
アンデルセン	安達　忠夫
ライプニッツ	酒井　潔
アメリゴ＝ヴェスプッチ	篠原　愛人
陸奥宗光	安岡　昭男